我的民勤我的家

沈炜道 著

有空时
我喜欢阅读天地
这是我
一生必修的课程
腾格里的每一粒沙
都是
天上闪耀的星星
给了我
千年不朽的时光

wode
minqin
wode
jia

敦煌文艺出版社

图书在版编目（CIP）数据

我的民勤我的家 / 沈炜道著. -- 兰州：敦煌文艺出版社，2023.11
　　ISBN 978-7-5468-2462-8

Ⅰ．①我… Ⅱ．①沈… Ⅲ．①诗集-中国-当代 Ⅳ．①I227

中国国家版本馆CIP数据核字（2023）第237936号

我的民勤我的家
沈炜道　著

责任编辑：李　佳
封面设计：孟孜铭

敦煌文艺出版社出版、发行
地址：（730030）兰州市城关区曹家巷1号新闻出版大厦23楼
0931-2131601（编辑部）
0931-2131387（发行部）

甘肃海通印务有限责任公司印刷
开本 787毫米×1092毫米 1/16 印张 27.75 插页 2 字数 490千
2024年1月第1版 2024年1月第1次印刷
印数：1~1500册

ISBN 978-7-5468-2462-8
定价：80.00元

如发现印装质量问题，影响阅读，请与出版社联系调换。
本书所有内容经作者同意授权，并许可使用。
未经同意，不得以任何形式复制转载引用，违者必究。

诗心热血报乡梓

孙晓玉

小暑过后的民勤，麦穗已经饱满得只待农人开镰。田野上庄稼蒸腾出泥土和阳光的味道，飘盈着草木特有的清香。果实成熟后得到收获的喜悦，无疑使这个季节更加令人心醉。我的手里，正有这样一枚沉甸甸的果实——诗人沈炜道先生即将付梓的诗集《我的民勤我的家》！

炜道先生嘱我为其诗集作序。

诗歌一道，我虽有喜爱之心却无吟诵之才，偶有自娱涂鸦之作，大多不值方家一笑。此前初闻之日，私心以为友人之间玩笑而已，不必当真；后炜道先生电话，宴邀一众文朋诗友为其诗文集拟定书名之后，再次提及这个话题，心里便很有些情怯。大抵请人作序这件事儿，一请名家不乏推荐之意，二邀知己多有共鸣之音，如此这般于我而言，左右都是欠妥。理由陈述再三，炜道先生一力坚持。恭敬不如从命，只好不顾学养之不足、学识之浅陋，勉为其难。

一

诗以言志，诗歌是表达作者思想情感和理想追求的一种艺术形式，诗人往往将志向和情趣融化进诗歌里一些具体的形象。我们不妨看看炜道先生所作的《我是沙漠的小鸟》这首小诗。诗人写道：

> 我是一株小草
> 我不想借山的伟岸
> 增加我的高度
> 我只长在水泽边
> 开淡淡花
> 散发幽幽的芳香

我是一只树上鸟
　　不会像云雀飞得太高
　　我只守住我的窠巢
　　在树枝间蹦跳
　　欢快地唱我自己的歌

　　我是一朵悠悠白云
　　有时在天空淡淡地飘
　　有时栖在山岩一角
　　高兴时我在草尖上奔跑
　　渴饮一掬沙漠清泉

　　诗人借"小草，小鸟，白云"自喻，巧妙自然地表达出自己坚守内心、不羡名利、率性天真、向往自由的赤子情怀。炜道先生的诗，为时而作，为事而著。走到正新村，他写下《正新村的那一片沙漠》；民勤蜜瓜熟了，他写出《太阳点燃的蜜瓜之乡》。他写《腾格里沙漠的红头巾》，写《我站在云端上巡航我的民勤》，他的文字没有故作高深而流于艰涩难懂，语言没有求新求异而走向怪诞滑稽。我喜欢阅读一些有味的散文、有趣的故事，我也喜欢阅读语言如金玉一样的诗歌。可是，我越来越少地阅读现代诗，因为许多的新诗我越来越不会欣赏，我觉得应该是自己对美的鉴赏能力不足。值得安慰的是，读到"硕鼠硕鼠，无食我黍！三岁贯女，莫我肯顾。逝将去女，适彼乐土。乐土乐土，爰得我所"的激愤与向往，"乱石穿空，惊涛拍岸，卷起千堆雪。江山如画，一时多少豪杰"的豪放与旷达，自己还能沉浸于其间欣赏一二。问问身边的大小老少朋友，许多也是如此，心里也就释然。当然，我偶尔也读读席慕蓉、汪国真等，算是回忆自己在20世纪90年代的那些青春岁月。像我这样多少识几个字，闲暇对文学有着爱好的读者，起码能读出诗人是在表达什么。好吧，一言以蔽之，借一句比较流行的话：说的都是人话。至于诗人遣词造句的技巧，诗作的水平达到哪个层次？我这样站在门外的读诗人，看看风景就好，没有资格也没有能力多加评说。所谓诗无达诂，自有专家和读者去见仁见智，大浪淘沙。

二

一方水土一方人。

生于斯长于斯的炜道先生，深含着对一片土地的热爱，他想以手中的笔，替自己为一片土地放声歌唱。于是，他的诗歌便汩汩流淌如一条河的奔腾。

看看这些标题，一个诗人的内心世界有多么丰富，我们便大致可以管窥一豹：《流淌在心上的石羊河》《石羊河畔的来信》《民勤调来黄河水》《石羊河的春天》《石羊河，我的生命之河》，这是他对一条河的情结；《我是民勤人》《我的民勤我的家》《我是民勤的女人》《我是民勤娃》，这是他对一方土的热爱；《用一生的时光与妻子约定》《韦兴正的"一棵树"》，这是他对一方人的赤诚；《诗歌到底是干什么的》《诗歌是人民的歌唱》《诗人的本质》《诗是生活筑起的长城》《〈诗经〉要读一千遍》，这是他对诗的探索和追求。

诗源于情，诗歌是富有节奏感和韵律美，并充满感情色彩的语言艺术。在《民勤的风沙民勤的太阳》这首诗里，他说：

"你分不开哪儿是风

哪儿是沙

哪儿是大大的太阳

民勤的风

跟沙缠绕在一起"

诗人对这风沙，抱有什么样的情感？是怨天尤人，抑或是深恶痛绝？

"我习惯了这样的沙

我习惯了这样的风

这样的风

给了我坚硬的骨骼

这样的沙

给了我金色的肌肤"

"天人合一"的思想引领着诗人放飞的思绪，乐观豪迈的情怀流淌于诗人的笔端。

"风是巴丹吉林的老西风

沙是腾格里的老黄沙

还有一轮大大的太阳

火一样的太阳

给了我蜜瓜一样的甜腻

给了我蜜瓜一样的飘香"

  炜道先生是个十分感性的诗人，他说自己无数次想跑上高高的沙丘，放声长啸，或者拥抱着金黄细腻的流沙抱头痛哭，这时，他的眼眶泛红、情怀激荡，我相信这一刻他的情感真的不能再真！他端起了酒杯，也许所有诗人的心底都有一个一袭青衫、世间仰望的大唐背影，那是杯中有酒，张口便见半个盛唐的谪仙人啊！

"我爱我的民勤的风

我爱我的民勤的沙

我举起手中的酒杯

举起我的大大的红崖水库

向腾格里沙漠敬酒

向巴丹吉林沙漠敬酒

向大大的炽烈的太阳敬酒

向弯弯的相思的月亮敬酒

向母亲一样的村庄敬酒

向村庄一样的母亲敬酒"

  常见古人品诗说文，寥寥数语，明白晓畅，深入浅出，令人拍案。翻看今人一些高头讲章，不搬来大段新潮理论及诸多专有术语，便不足以显示其来历高，其学问深。呵，吓人的专业素养，令人哑然无语。还是如鲁迅先生所说，做一条清得见底的小溪流吧，好过浑浊的深潭。我们暂且放下手中烦杂诸事，学诗人举起酒杯，敬所有为这片土地和人民而努力的劳动者！

三

  人生满是风雨，可这风雨并不能完全吹凉淋湿一个人的诗心。

  "……从山口子到黑石头窝井，到刘家黑山，到深井坑，到窨水子；从死红柳井到白疙瘩，从黑山窨到庙台子，到沙山，到白麻岗，到磨山子；从五托井到六托井，到横山，到独青山，到北山，到潘家泉，到上八浪井、下八浪井。我不断行走，以赤子的情怀，匍匐在北山的大地。我寻找，寻找我心中的'伊人'。从聂家板井到青沙窝井，到冰草井，到石垒子岗，到四院井，到梭梭门子；从青疙瘩到大毛湖，到半个山，到毛条井，到干巴子井，到梭梭湖。我不断行走，翻过一座又一座高大的沙丘，走过一片一片茂密的草地。从茨湖，到红麻岗，到大疙瘩；从红柳井，到沙竹篾子井，到白荆海子；从到青土井，到刀条湖，到逃荒湾……"

生命是一场一去无回的行走。

炜道先生就像他在自己这篇关于民勤北山的游记里所叙，怀揣一颗虔诚的心，一路在故乡行走，一路为故乡思考，深深陶醉于家园的怀抱，沉浸于长长短短的乡愁，滋养出一个有趣而丰满的灵魂世界。他以诗心为舟，观望山河、土地、人情，心头灵感汩汩而至，笔尖诗句行行而出！

从捧着《诗经》阅读的风华正茂青年，到今天从逾2000首诗歌里遴选金玉之作的辛勤耕耘者，工作的间隙、生活的余暇，30多年岁月里的炜道先生，选择了用文字和诗歌装点自己行走的生命。

炜道先生诗集《我的民勤我的家》，计有六辑，300余首，第一辑——石羊河畔的来信，第二辑——梦回《诗经》，第三辑——腾格里的金秋，第四辑——我在天上种星星，第五辑——站着等你三千年，第六辑——迎着春天飞扬的雪花，全书囊括了他各个时期不同风格的作品。炜道先生在为焦熙生先生的长篇小说《决战黄沙》作序时，盛誉其为一部"写在沙漠上的民勤史诗"，这何尝不是诗人内心对自己心血之作的一种期许和向往！

诗歌是文学皇冠上的明珠！

"炜道先生的诗继《诗经》之余韵，续《离骚》之风尚，它们带着一方土地的芬芳，是写给人民大众的歌谣。有风自南，翼彼新苗，像一抹春风一缕春雨，搀扶着麦苗一步步走进夏天，走成金黄，走进农家的仓廪；炜道君的诗雄浑飘逸，冲淡纤秾，一如蒙童天真无邪的奇思妙想，曼妙的理想游优于天地之间，或植根于大地，开成一片绚烂的花海，或耕云犁月，幻成天上璀璨的星河。"

诚如斯言，炜道先生以凡人微语，轻吟高唱，掠影了一方子民的生活生存状态，观照了一个时代在一片土地的投影，拭亮了自己一颗燃烧的诗心！

目 录

第一辑 石羊河畔的来信

流淌在心上的石羊河 / 003

石羊河畔的来信 / 005

民勤生态三字歌 / 007

民勤调来黄河水 / 009

石羊河的春天 / 011

石羊河,我的生命之河 / 013

红崖山水库治沙 / 014

今夜又想起林山先生 / 016

老孔雀复飞山林 / 018

留住那一脉闪亮的馨香 / 019

成都·重庆·长江三峡·张家界之旅 / 022

在幼儿园快乐成长 / 025

民勤县实验幼儿园园歌 / 026

那一只青涩的苹果 / 027

青青的青土湖 / 028

如歌母校七十年 / 029

三八妇女歌 / 031

沙漠:我想跟一缕风相遇 / 033

沙漠与骆驼 / 035

生命中的河流和湖泊 / 036

石羊河·诗人与狗 / 039

双茨科镇的十三个村 / 043

四月六日的生态文化公园 / 047
苏武山：我母亲的墓志铭 / 050
题黄春阳四美图 / 052
喜欢"泥土"这个昵称 / 053
先生在端午节这天走了 / 054
乡里乡亲的小羊桥 / 058
想你的时候就望望月亮 / 060
想起那些沙坳的芦苇 / 061
洋葱亦可为吾师 / 063
一生跟着老婆走（歌词）/ 068
永远的青土湖 / 069
用温暖的手抚摸民勤大地 / 070
远去的罗布泊 / 075
正新村的那一片沙漠 / 077
重兴是个好地方 / 079
总理来到咱民勤 / 080
走进横梁山区 / 081
做电商的田鼠大婶 / 083
武威这地方 / 085

第二辑　梦回《诗经》

《诗经·周南·芣苢》释义 / 091
抱疙瘩纪事 / 092
读《诗经·摽有梅》有感 / 093
飞不到山顶的老秃鹫 / 095
风雨飘摇的鹊巢 / 097
给人让路 / 099
怀想《诗经》中的伊人 / 100
黄春阳：把日子过成艺术 / 101
今夜在梧桐林聚会 / 103

灵　感 / 105

刘新吾《杂碎》跟帖 / 107

流淌在心底的春水 / 108

柳林湖：田贡爷的一段寨墙 / 110

民勤生态歌谣 / 112

陌上桑《月光淌满疏勒河》跟帖 / 113

人世间最大的懦夫 / 115

穿红裙子的姑娘 / 117

裴总泽武的传奇人生 / 118

润和伸来的那一双大手 / 122

少男少女 / 123

诗歌到底是干什么的 / 124

诗歌是人民的歌唱 / 125

诗钱海文小弟义乌之行 / 126

《诗经·野有蔓草》 / 128

《诗经》要读一千遍 / 129

诗人的本质 / 130

诗是生活筑起的长城 / 131

植根在《诗经》的泥土 / 133

四方墩　我又来了 / 134

"天之然"民俗文化博物馆侧记 / 137

韦兴正的《一棵树》 / 138

我多想走进《诗经》 / 140

五月端午悼屈原 / 141

写进鸡蛋里的故事 / 142

寻找一段沙漠的传奇 / 145

赠艾玲 / 147

醉清风：激情点燃的男子汉 / 148

第三辑 腾格里的金秋

民勤的蜜瓜熟了 / 153

"铁姑娘"队 / 156

北山：遗弃的五托井 / 159

红沙岗 / 162

红沙岗的风和光 / 164

红沙岗的煤 / 165

红沙岗站起来 / 165

捞起一把居延海的涟漪 / 167

大漠里崛起的连古城 / 170

民勤——中国蜜瓜之乡 / 175

牧人的驼羊 牧人的梦 / 177

南湖：花海算得了什么 / 178

呢喃的春天 / 182

苹果羞红了脸 / 183

请你到我民勤来 / 184

秋天里我来过沙漠 / 186

秋　叶 / 188

新生的日光温室 / 189

沙海绿洲 风光民勤 / 191

沙漠里的女人 / 192

一株小草的呼唤 / 193

石羊河畔的金秋 / 195

太阳点燃的蜜瓜之乡 / 196

腾格里沙漠的红头巾 / 197

听听那窗外的鸟鸣 / 199

土地新生之歌 / 200

我是民勤人 / 202

我的民勤我的家 / 203

我是民勤的女人 / 205

我是民勤娃 / 206

我是你的儿子 / 208

我是沙漠的小鸟 / 209

民勤的风沙民勤的太阳 / 209

一只醉酒的小蜜蜂 / 212

我站在云端上巡航我的民勤 / 213

我最爱的还是我的民勤 / 216

一场不能不说的雨 / 218

一个人睡在沙漠 / 219

拥抱新一轮太阳 / 221

有一种花香属于村庄 / 222

在沙漠我就是沙子 / 223

走过连古城自然保护区 / 224

走过梭梭林的红狐 / 227

走下去吧 / 229

第四辑 我在天上种星星

2023：元元民勤三日游 / 233

我在天上种星星 / 236

打捞星光的乡里乡亲 / 237

读书的驳论 / 238

读书收获的快乐 / 240

读书做什么 / 242

放风筝的小女孩 / 243

给元元起个名字 / 244

弓 / 246

关于家谱的那些事 / 246

孩子的心声 / 250

回望找不回来的青春 / 251

记住 2016 年 3 月 21 日 / 252

今夜我想一个人睡在沙漠 / 253

那一刻叫三月二十九日 / 255

能不能善待自己的眼睛 / 256

您轻轻地走了 / 257

飘失的春天 / 259

七夕：在织女家喝一杯酒 / 260

生命是三万六千个太阳 / 263

生命中的二十四节气 / 264

书是少妇的绿色罗裙 / 266

四月的最后一天 / 267

天祝亲家的年夜饭 / 268

头枕嫦娥的臂膀入梦 / 270

我的青春我做主 / 272

我的头发全白了 / 275

我的中国我的梦 / 276

我多想站在窗口眺望 / 279

我给眼睛放个假 / 281

我妹妹家的新楼房 / 284

我是青青袅袅的抱娘草 / 286

西山里那些事儿 / 289

向佛借来千手千眼 / 290

向银河借一点时光 / 292

小鸟在我窗前嘀咕 / 293

寻找春天的小女孩 / 294

遥远的喀喇昆仑 / 295

夜 读 / 296

一辈子为书活着 / 297

一句诗 / 298

银河:血管里流淌的浪花 / 299

用脚步丈量一座城市 / 300

用一生的时光与妻子约定 / 302

有一些东西等着我 / 304

元元的天下第一哭 / 305

在夜色深处寻找 / 306

张掖：让我给你写首诗 / 307

第五辑　站着等你三千年

红嫒：两千年能有多远 / 313

把时光折叠起来 / 314

今夜月光如水 / 315

旧书中掉落的青葱岁月 / 316

兰州有个凤鸣书院 / 318

白雪一样的女孩 / 319

你给我的永远是背影 / 321

腾格里的月亮 / 321

你是我最美的相遇 / 323

牛郎织女的故事 / 324

飘飘袅袅的相思 / 325

清晨　触摸第一缕阳光 / 326

秋月枫：写诗的沙漠苁蓉花 / 328

秋月枫的幸福时光 / 329

三个女人的世界 / 331

山里的女人 / 338

思　念 / 340

太阳给我的信念 / 340

题西郊公园半日游图 / 341

弯弯曲曲的小路 / 342

你等到芦苇白了头 / 343

我想让你拉住我的衣襟 / 344

我再等你一万年 / 345

我在我的天边上等你 / 346

我在心里等着你 / 347
追你一直追到银河边 / 349
黄羊从青苔上驰过 / 350
小径上飘过的蝴蝶花 / 351
寻找心中的伊人 / 352
一定能够追上你 / 354
音乐是海的浪花 / 355
银河那边的眼睛 / 356
月光点亮的黑夜 / 357
站着等你三千年 / 359
只求曾经遇见你 / 361

第六辑　迎着春天飞扬的雪花

人生四十一棵树 / 365
阿文：地球上最高的诗人 / 367
脖戴红领巾的天牛 / 369
春天就在我们眼前 / 370
春天向我们走来 / 371
大风中拜谒一棵古桑 / 373
端午：我又能说些什么 / 374
钢筋水泥大桥的自白 / 376
黑夜给了我什么 / 377
军文《走在种诗的路上》 / 379
老桑葚的丑陋面孔 / 381
你的生命就是我的生命 / 383
社会应该是什么样子 / 385
拖着霓裳飘过的云翳 / 386
文冠果走了 / 388
我的玉丢了 / 391
我跌进一场绝对荒谬 / 393

相约天驭葡萄酒庄 / 396

新年偶感 / 398

让我们追赶岁月 / 400

雅布赖：血脉里流淌的盐巴 / 400

一脚踏进闪闪烁烁的佛光世界 / 402

九湖源的石头 / 403

一只沙漠的小鸟 / 405

弈髯哥下乡调研记 / 405

迎着春天飞扬的雪花 / 408

走着走着就散了 / 409

七月：民勤的蜜瓜熟了 / 411

望不到树梢的大树 / 412

我什么也不要 / 413

游兰州野生动物园 / 414

白云 擦亮的乡村笑靥 / 416

搬上新楼的奥区好男人 / 417

伫望立秋的日子 / 420

后记

第一辑
DiYiJi

石羊河畔的来信

石羊河的水汤汤流淌
一朵浪花　一朵浪花
发出汩汩欢快的歌唱
是腊嘴子　是黄鹂鸟
你追我逐
是石羊河边上的马莲花
和芦苇们的穗子
唧唧咕咕的笑声

流淌在心上的石羊河

你是日日夜夜
流淌的水波
从石羊河流来
从祁连山流来
你是祁连山的雪水
你是祁连山的阳光
融成浩浩汤汤的水流
日日夜夜
在我心上流淌

浩浩汤汤的石羊河呵
你要流到哪里去哟
你流到北山
流到白亭海
流到腾格里沙漠
还是流到我的青土湖
石羊河呵　浩浩汤汤
你流到哪里去呵
我的石羊河

我的沙漠哟
我的绿洲
我的沙漠里有沙枣树
我的绿洲呵

散发五月的芳香
我的沙漠哟
我的绿洲
沙漠里有挺拔的梭梭
我的绿洲呵
举起十万毛条十万芦苇
十万金色的麦秸
迎接石羊河一波春水

我焦渴的冒烟的大地
我睁大了眼的无波的水井
我的埋在沙丘的枯树
我的嘶哑地鸣叫的小鸟
沙漠里有燃烧的红柳
高高伫立
伫立在沙丘的骆驼
躬身田野的父辈
张大了渴望的眼睛

石羊河呵　日日流淌
哗啦啦流进我的心房
流过我焦渴的大地
流过太阳灼伤的沙漠
石羊河呵
流进中国肉羊之乡
流进
日夜生长的日光温室
滋润大地的心房　鸟语花香
葡萄　枸杞　红彤彤的红枣林呵
石羊河
流淌一抹碧波　流淌万道金光

石羊河呵
一河碎玉　一河琼花
浩浩汤汤流进我的绿洲
流进我祖祖辈辈的血脉
石羊河呵
你是我生命的流淌
流淌着我的生命
日日夜夜在我心上流淌

石羊河呵
我听见了你流淌的声音
我听见祁连山的松涛
听见阳光融雪的声音
那是天上的水在消融
一点一滴
一点一滴
汇入我的脉管
汇成我奔跑的生命
石羊河呵　你流淌的碧波
石羊河呵　你流淌的膏腴
是我生命的流淌
日日夜夜在我心上流淌

石羊河畔的来信

我知道
春天里春风一吹过

石羊河
再也按捺不住激动的情愫
总会有一封信柬
准时寄达我身边

石羊河的水汤汤流淌
一朵浪花　一朵浪花
发出汩汩欢快的歌唱
是腊嘴子　是黄鹂鸟
你追我逐
是石羊河边上的马莲花
和芦苇们的穗子
唧唧咕咕的笑声

流连一个冬天的水鸟
有的走成一行白鹭上青天
可有的还在水波里
成双成对荡他们的小船
鱼儿
在冬季的冰层下憋足了气
不时吐出一串串水泡

石羊河的春天说来就来
去年的香蒲棒子
还完好无损
插在我家的阳台上
水梦楞　肯定吸足了水分
站立在石羊河畔的春风里
尽情招摇
我知道　她们日夜相思
去年来过的那个妹妹

春天　我该去石羊河畔走走
且不说那些柔韧温软的沙柳
她们
数不清的媚眼望穿秋水
且不说
冰消雪融祭鱼报本的水獭
在石羊河的水波里倏忽往来
且不说河洲的沙滩上
那些伶仃开放的小花

在石羊的河水中嬉戏
我能够
望见祁连白皑皑的雪峰
我仿佛听见
祁连千山万壑的松涛
麦浪在我眼前翻滚
黄河蜜瓜的馨香
在河畔的水草间氤氲
春天来了
我该去石羊河畔走走

民勤生态三字歌

我民勤　三千年
沙井子　说文明
石羊河　贯全境
向北流　注青土

有白亭　多湖泊
林木茂　草场旺
土肥沃　地广袤
可耕耘　可放牧
粮秣丰　牛羊壮
我人民　福寿康

星斗转　天象变
石羊水　欲断流
垦地多　植被稀
风沙起　灾害频
夺我田　压我庄
人外流　奔四方

我民勤　本丰饶
人勤劳　志坚韧
战天地　斗风沙
修总干　建水库
此功业　世界殊

栽灌木　挡风沙
建林带　筑长城
惊天地　泣鬼神

东风劲　春雷动
温总理　作批示
县政府　有方略
关机井　压耕地
新技术　高效益
调节构　建温棚

沿沙区　草和药
曰苁蓉　曰甘草
兴水利　办教育
输劳务　广移民
强工业　促发展
红沙岗　建新城
苏武山　有灵泉
葡萄园　生水云
青土湖　起春潮
棉似银　绿如海

石羊河　春水来
红崖山　锁银鲤
民勤人　三十万
齐心干　兴绿洲
腾格里　焕新姿
罗布泊　逃夭夭

民勤调来黄河水

众志成城的意志
掘开了天河的口子
仆仆风尘一头扑了进来
把干旱淹没
滋润了母亲干瘪的乳房

三十万双眼睛汇成星河
三十万双大手联成彩旗

三十万颗心灵燃成朝霞
石羊河唱亮歌喉迎着你
红崖山敞开双臂迎着你
腾格里捧着热情迎着你

三十万人民梦想成真
五个年头汗水汇成浪花
我们用黄河蜜
我们用黑瓜子
我们用所有的热情
接风洗尘款待你

缓缓地　你缓缓流过
仔细打量每一个地方
去看看干涸的青土湖
给苏武山涂染一片金黄
去看看
风沙蚕食过的每一个地方
用轻柔的唇轻轻抚过
把太阳灼伤的疮口熨平

叫风在森林里安家
让云在天空中永驻
给沙漠嫁一个葱俊的绿娘
唤回
干旱凌逼风沙卷走的生意人
和一切土生土长的飞禽走兽
把一脸的沧桑靓成仙子的容颜

黄河水
深情地从我家乡流过

流一渠碎玉琼花
流一渠喜乐丰收
甜瓜满地滚　玉米抱金娃
麦黍偷偷笑弯了腰
香风醉人眼

我要用锦绣的田畴
我要用碧绿的原野
我要用满眼的富饶
我要用智慧的双手
要你曾经焦渴过的大地
长出一片新绿长出一片高楼
长出一对雄鹰的翅膀

石羊河的春天

让我叫您一声母亲
石羊河
我对不起您
我是您不肖的儿女
匍匐在您的胸膛
贪婪地吮吸您的乳汁
无情地剥离您的绿衣
犁开您的胸脯
榨取您的膏油
还在您脉管里
注入些污泥浊水
如今您细水枯瘦

流淌涟涟不断的眼泪
母亲啊
你曾经多么丰腴的肌肤
你曾经多么靓丽的容颜
你曾经多么荡漾的碧波
你曾经多么嫩绿的草场
失去绰约多彩的风姿

我期盼石羊河的春天
一个声音响彻云霄
决不能让民勤成为
第二个"罗布泊"
紫气东来　祥光拂照
春雷像春雨洒遍沙漠绿洲
春风像春酒醉透石羊两岸
鱼儿说
没有水我们就变成沙鼠
鸟儿说
没有树我们就无处筑巢
花儿说
没有水我们就没有芳香
麦苗说
没有水我们就失去大地
云儿说
没有水我们在哪儿投影
大山说
水是劈开沙漠的利剑
民勤说
水是我们身体的血液
石羊河应急项目如火如荼
两大沙漠摆开治理的战场

自家的事责无旁贷
春水向沙漠注入多情的绿色
春风给人们报告春天的吉祥
石羊河焕发鸟啼花红的青春
青土湖荡漾秋水伊人的碧波
千里雷声万里响
我的母亲换上风姿绰约的容颜

石羊河，我的生命之河

母亲河呵
我的生命之河
我不知道我如何爱你
我的脉管
流淌的是你的血液
我以长子的名义宣告
我决不允许
任何人
对我母亲的任何亵渎

我的母亲曾经被凌辱
作为你的长子
我没有尽到保护你的责任
我有罪
我曾经把污秽注入你的脉管
我曾经拆毁你河流上
美丽的石羊大桥
还有红崖山水库边上

高高耸立的那个遗址
我耻辱
作为一条河流的子民

如今我的母亲河青春焕发
水源保护　污染治理
环境改善　生态修复
一体推进精准施策
河畅水清　岸绿景美
石羊河国家湿地公园
红崖山水库展览
美景如画　水鸟翔集
母亲呵　我要把你
打造成一条文化旅游长廊
母亲呵　作为你的儿子
我的爱在我的骨髓里流淌
我的可爱的美丽的母亲
我要找回你青春的美颜
我要把你装扮得风姿绰约

红崖山水库治沙

浩瀚的腾格里哟
鲸涛鲵澜的大海
从唐代边塞诗里走来
一轮炎日点燃大漠孤烟
颓败的烽燧诉说地老天荒
一株拐枣一株白刺

是这里的主人
一声鸟鸣一只沙鼠
是这里的语言
流沙统治着这个世界
狂风主宰着这片天地
逞凶一代又一代
淹没我的土地和家园

封沙育林是民勤的根本
进军沙漠是民勤的出路
曾经建造最大的沙漠水库
绿洲长出摩天大楼
今天再次向沙漠宣战
呼啦啦红旗在头顶上飘扬
浩浩荡荡大军开赴沙漠
轰轰隆隆机声震撼日月山川
人声鼎沸惊破大漠孤寂
只为着一个顶天立地的誓言
——缚住苍苍茫茫的黄龙
把双手插入黄沙
把汗水埋进荒山
流窜的沙峦变成金色的蜂房
密织的蛛丝网住沙魔的飞翅
给每一个沙丘
戴上绿色草帽披上五彩风衣

今夜又想起林山先生

凭什么把你留在人间
想走 你就走吧
也许
那边的朋友更多
趁秋雨还没有停下
且跟着落叶的方向远去

也许你该歇一歇了
那么多朋友向你招手
无边的金黄无边的落叶
那一定
是来自那边的信笺
多情的你无法推拒
那一边
有你最好最好的朋友

把身上背负的全部卸下
那边一定更热闹
那个叫释迦牟尼的佛
那个后凉国
待了十七年的鸠摩罗什
那些五凉的皇子皇孙
都是你自家的兄弟

流放伊犁的林则徐

路过武威

西夏的那些朋友

亲吻喇嘛湾的黄娘娘

还有

莫高窟壁画里的飞天

今夜　已经齐聚西凉

酒不会缺少

肯定是

你最喜欢的葡萄美酒

一千多年

在王翰的诗句里发酵

只喝一斛吧

且聊一聊五凉旧事

不醉不归

月光　踉踉跄跄

哦　那不是

那不是当年的牛鉴大人嘛

醉雪庵的李蕴芳

你咋就来了

专注经史的张澍

找到了

封存多年的天下绝碑

哈　那不是达云将军嘛

今夜

风也飒飒雨也潇潇

你跟着一片金黄的树叶

飘飘悠悠远去

老孔雀复飞山林

林山先生一定是累了
一只孔雀
却自称老孔雀
这"孔"字恰好姓孔
先生大儒
文章绚烂
似凤凰之羽
先生是一只老孔雀
从山林栖落人间
在草莽中散步
在水畔翩翩起舞
鹤鸣高岗
声达九霄
先生是一只老孔雀
累了
便飞回山林中去了

先生是山林中人
来了
把尘世间旮旮旯旯
游遍
一边做儒家的事
一边钻进《易经》里去
故不免涉足佛道
好诗文　俱佳

尤喜大凉州历史故事
直三横三　摆开劈开
也不知泄漏了多少天机

先生是佛　从西极来
涉流沙兮经万里
那一匹西凉大马
任你横行天下
在五凉的历史天空
你是一颗明星闪耀
你是文曲星
你是天上护花的神
累了　你就走了
让我
夜夜仰望星汉灿烂
那一颗
哦　你们看
北斗上最亮的那一颗
不就是老孔雀的红唇吗

留住那一脉闪亮的馨香
——纪念王新民先生

写完《滕王阁序》的王勃
一纵身
跃入南海浩渺的水波
李贺背负大唐盛诗的锦囊
骑着他那头毛驴

被召到天上的白玉楼
做玉皇大帝的秘书
《红楼梦》中的丫头晴雯
也走了
她是天上的护花使者

书写历史的人
被历史写在历史的天空
"王新民"被沙漠的风
写在腾格里沙漠的旷野
他写完他的《庄子传》
一转身走了
他是庄子梦中
飞出的那一只大蝴蝶
还没来得及
在夏天的花海中啜饮
就又飞回到庄子的梦中

你在沙漠中安息
飘摇的
芦苇紫色的穗子是你
西风飒飒的灵魂是你
枪杆岭山上
栖息的那一朵白云是你
你是飘飘洒洒思维的花絮
你是蒙泽曾经闪亮的涟沦
白碱湖的水走了
留下的苦涩的盐巴
是你挂在眉睫上的冰花

你的那一脉香魂

一定
是留在月亮的相思里
一定有最亮的星星陪伴
你的梦还没有做完
那些春花一样的蝴蝶
在庄子的梦中又一次结茧
你注定
还会蹁蹁跹跹飞向人间
你是庄子做的一个梦
你是梦中的那一只大蝴蝶

那些聚在一起的星宿
一定是天上的北斗
哪一颗
是路途跋涉的苏东坡
哪一颗
是寻寻觅觅冷冷清清的李清照
哪一颗
是却将万字平戎策
换得东家种树书的辛弃疾
我多想
留住你那一脉香魂
你是我腾格里沙漠的精灵
你是我悠悠北山的白云

成都·重庆·长江三峡·张家界之旅

峨眉山纪游之一
峨眉天下秀,千年只一览。
娶作我新娘,暮暮朝朝见。

峨眉山纪游之二
人在行水在流,寸寸山溪寸寸景。
雾里仙云中树,化作碧涛不回还。

峨眉山纪游之三
栈路青幽林木森,遥隔篁竹闻水声。
溪桥忽转千寻瀑,乱石穿空悬崖崩。
钟灵毓秀萃峨眉,峰峦叠翠入画屏。
穿过木桥一线天,山登绝顶我为峰。

长江纪行·重庆丰都
重庆东流七十二,丰都鬼城两名山。
缆车送我入云端,风雨壮行再乘船。

长江·望秭归有感
西南漂泊三年困,成都真想见老杜。
船到白帝谪仙去,李白已乘彩云归。
冲出夔门天地宽,三湘大地多才俊。
屈原有意共论诗,昭君等我在香溪。

长江纪行·忠县石宝寨
山石独峙大江边，石宝又名小蓬莱。
云梯直上层层翠，山登绝顶天可揽。

长江纪行之一
长江阔如海，巨舣急似箭。
两岸万重翠，苍茫入云端。

长江纪行之二
大坝截断巫山雨，天堑长江变通衢。
千古风流浪淘尽，三国争雄如烟云。

仰望巫山神女
一石伫瞰阅千古，船家血泪一江愁。
今日三峡成大道，想来神女应无恙。
不知瑶姬待何人，风帆过尽皆仰望。
朝云已随东坡去，何苦痴情守高唐。

长江航行有感
不知水有多大力，背负青山载舟行。
也不歇脚也不累，一路咆哮过三峡。

大宁河·小小山峡·小山峡
大峡小峡不算峡，小小三峡最奇崛。
千寻赤壁峙天外，无限飞泉撒琼花。
穿上救生唱山歌，五湖四海汇一船。
唢呐声声迎亲曲，林木深深人不见。
唱唱山歌招招手，妹妹你留不住咱。

游张家界天子阁

来到张家界，夜宿武陵源。
朝登天子山，天霄连怪岩。
栈阶五千级，翠树飞云端。
登上天子阁，化作李白仙。

游张家界黄龙洞

不到黄龙非好汉，一生富贵也枉然。
黄龙洞前迷霭漫，洞中仙境眼缭乱。
世界奇观聚一洞，巧夺天工成自然。
一库二河定海针，响水河边可种田。
三瀑四潭迷人宫，雪笋龙庭花果山。
挣死言语道不尽，恍若仙界别有天。
游遍天下不称奇，美景全转此中来。
洞天福地乾坤大，我定再携全家来。

游张家界黄石寨

山路径幽苔藓滑，处处美景伴我行。
乱石异峰破天去，无限风光这边好。
今日游罢黄石寨，料想此生不看山。

游张家界金鞭溪之一

山涧幽径人不识，跟随小溪观奇景。
双石夹峙天云外，翠绿竞攀上峰巅。

游张家界金鞭溪之二

因为贪看景，时时缀其远。
游人随意走，我却追着跑。

天水至兰州途中所见

满眼黄土峁连峁，一群绵羊啃小草。
细水枯瘦泣泪眼，苍天不见一片云。

赠花卿

云想衣裳花想容，美白细嫩须保养。
少吃油腻多吃菜，睡眠充足要崇尚。
粉黛不是不能用，最怕费时又上当。
肌肤亮丽人人爱，自然行道才清爽。

望 月

不知谁家女，娥眉挂天上。
也许是嫦娥，晨起弄梳妆。

在幼儿园快乐成长
——民勤县幼儿园园歌

把花朵种在春天
让阳光沐浴
蝴蝶蹁跹彩云飞
迎着太阳我们成长

把童年种在园圃
让雨露滋润
幼苗轻摇细雨扬
明天我们做祖国栋梁

把欢乐种在摇篮

让小鸟舒展翅膀
白云悠悠蓝天长
理想从这里飞翔

迎着五星红旗
我们从朝霞中升起
我们是祖国的花朵
我们是明天的太阳

民勤县实验幼儿园园歌

温暖的阳光
洒在我身上
晶莹的露珠儿
滋润我心房
我是一朵向阳花

微风儿吹拂柳丝儿
轻轻梳理我头发
燕子燕子
和我说说话
我是翩翩蝴蝶花

鱼儿鱼儿吹泡泡
小鸟小鸟你快来
我们一起唱歌吧
迎着太阳迎着花
我是春天的好娃娃

那一只青涩的苹果

我是一只青涩的苹果
深深藏在密叶
风一次一次吹拂
亲昵地吻我的面庞
是太阳
映红了我的脸颊

亲爱的朋友呵
你来到我的树下
浓浓的树荫
遮断痴情的目光
不到肠断绝望
我决不会
抛一个媚眼给你

我是一树灼灼桃花
蝴蝶一样芬芳
蜜蜂一样甜蜜
夏日
我沐浴灿烂的阳光
夜里我贮藏月亮的清辉

风一程　雨一程
我是一只
小小的青涩的苹果

因为你　我羞红了脸
我悄悄躲在树叶背后

我看见　一个葱俊少年
来到我树下
徘徊　惆怅　又彷徨
我知道　我还没有成熟
悄悄　我躲在树叶背后

那只飞来的斑鸠
绕树盘旋　去了又来
我知道
甜腻的东西吃多了晕头
我是一只青涩的苹果
最好　先躲在树叶背后

青青的青土湖

装满水波的青土湖
后来哭了
她的眼泪被风蒸干
失去睫毛的眼睛
挡不住
张开翅膀的沙漠
石羊河的水无力到达
青土湖变成青土
无水的湖泊鱼鳞飞旋
沙丘到处乱跑

如今青土湖粼光再现

挺拔的梭梭

稠密的白刺

摇曳的红柳和芦苇

点缀些鸟鸣虫吟

青土湖一闪一闪的眼睛

是银河的星星

是天上的太阳

还有些天光云影徘徊

如歌母校七十年
——民勤一中七十周年校庆

我叫你母校

因为你给了我生命的乳汁

我叫你母校

因为你点燃了我智慧的光芒

母校

你的辉煌

是我永恒的骄傲

不论走到哪里

我都不会忘记

是你给了我飞翔的翅膀

我的母校是民勤一中

你高高飘扬的旗帜

闪耀着民勤教育的光彩

你是绚烂的朝霞

你是腾飞的龙头

你是一轮红彤彤的太阳

一次次写下辉煌

一次次创造奇迹

百分之七十的升学率

撞开北大清华的大门

成才扣动每一个人的心弦

成龙点燃每一个人的激情

你是一座熔炉

投进石料炼出纯钢

陇原大地每一块泥土

都听说过你的传说

挤进民勤一中

就挤上了一个高度

有人叫你大学摇篮

你真也当之无愧

你的名字像春醪

香远溢清

在民勤在河西在陇原

在内蒙古在西北在全国

你的名字很响

黄钟大吕

像一张金色名片

镀亮民勤绿洲的风采

我是一只雏鹰

你风斯在下

送我飞翔蓝天

我是一艘航船

你劈波斩浪
把我撑向彼岸
我是一株花草
你两鬓飞霜
浇灌出我春之芳菲
夏之灿烂秋之丰腴
你是母爱的大海
你是智慧的高山
你放飞学子崇高的理想

母校
七十年你风雨洗练
七十年你光华四射
在你七十年华诞
我以赤子的虔诚
祝您创造活力永驻
祝您青春美颜永葆
祝我母校桃李芬芳
祝我母校灿烂辉煌

三八妇女歌

一

三八节、不一般，全县妇女十五万。
经济发展建功勋，妇女顶起半边天。
种草种树种棉花，个个逞能赛八仙。
建起牛棚建鸡场，妇女样样走在前。
筑路铺油衬渠道，女人事事抢在先。

农家用上沼气灶，妇女同胞乐开怀。

二

石羊河畔摆战场，巾帼岂肯让须眉。
节约用水抓根本，综合治理是主线。
全县人民齐上阵，妇女映红半边天。
关井压田是方略，妇女最想建温棚。
大移民、大搬迁，实际就是大政策。
妇女当家不糊涂，定要做个贤内助。
背后站个好女人，九个男人十个贤。

三

大漠绿洲起水云，坚决撵走罗布泊。
全国人民都关注，自家怎能拉后腿。
党给我们做决策，全为民勤大发展。
三句话儿记心头，党叫干啥就干啥。
晚上回去做指示，哪家男人敢不听。

四

建设现代新农村，妇女更要挑大梁。
围绕节水调结构，紧扣特色促发展。
关井压田硬任务，日光温室求突破。
结构调整新变化，移民搬迁讲大局。
四个变革指方向，劳务输转挣钱多。
实干苦干加巧干，干部就得讲奉献。
经济建设主战场，妇女处处显身手。

五

县委政府决策好，农村建设起春潮。
一场瑞雪到家门，风调雨顺报吉祥。
杯杯美酒祝丰年，县上领导有良方。

一年一个大变样,民勤明天更美好。
重点工作重点干,年底一样也不少。
妇女争先冲在前,成绩优秀夸不夸。
谁说女子不如男,胸前要戴大红花。

沙漠:我想跟一缕风相遇

那些生硬的
竖在沙漠的铁和铜
有的已经生锈
这是
谁家的孩子
在旷野上迷路
站在高高的沙丘
唱一曲歌
把失去的灵魂招回

腾格里
一株草一棵挺拔的梭梭
一粒沙
一颗闪烁的星星
太阳
在晨露里洗浴
沙娃娃
倏然走过的痕迹
是银河漾起的波澜

沙漠

我喜欢跋涉的骆驼
喜欢
波光粼粼的海子
我喜欢
秋水伊人的芦苇
喜欢
一只苍鹰
划过天空的姿态

一只醉酒的空瓶
卧在沙漠
唤不来
一丝带水的空气
那些
五彩斑斓的气球
像天上虹
被一阵风
吹得烟消云散

沙漠里
我多想跟一缕风相遇
一片金黄色的梧桐林
一个穿红裙的女孩
我多想
跟一朵云一阵雨相遇
我不喜欢
沙漠
凭空伸出嶙峋的铁的臂膀

沙漠与骆驼

因为有了沙漠
也就有了骆驼
说什么三尺毛绳
两寸鼻棍
是沙漠引诱
骆驼与它为伴

干旱算什么
风沙算什么
再大的沙漠
也大不过骆驼的蹄印
向东向西
沙漠不是骆驼的羁绊
是它一生耕耘的田野

是先有沙漠
还是先有骆驼
这样的问题
有谁能够解答
是沙漠还是骆驼
也许那些海子的眼睛
才能说得清楚

沙漠因为骆驼
长成高大的沙丘

再高的沙丘
也高不过骆驼的峰峦
不信
你听听走过沙碛的驼铃

是谁家的骆驼
不都一样
说什么朝阳黄昏
向沙漠深处眺望
那些星星点点
是骆驼坚韧的步伐
高昂的头颅
驮来驮去的绿洲

生命中的河流和湖泊

河的源头
是我生命的源头
水的浪花
是我
是我生生不息的律动
源头有多远
生命有多长
长长的河流从哪儿来
往哪儿去
你可知道一条河的来历
你可知道一方湖的归宿
河的生命就是我的生命

清清澈澈的湖泊
是我明明亮亮的眼睛

湖干涸了
注定是一条河的萎缩
河是一根长长的
绿绿的藤蔓
藤蔓上开出许许多多的花
沙漠里如果没有水
我的生命往哪儿寄托
有水才有河
有河才有湖
河和湖是我生命的源泉

可是
我还没有溯着一条河
找到一条河的源头
我也没有
顺着水流淌的方向
找到一条河的归宿
都说石羊河的源头
在祁连山冷龙岭
我早已经忘记
忘记了妈妈甘甜的乳头

热爱一条河
就要保持一条河的清澈
像眼睛
像爱护自己的眼睛一样
热爱一条河
像血液

像爱护自己的血液一样
决不能注入一丝污秽
湖是
一双含情脉脉的眼睛
你看
那些摇曳的芦苇
是风吹拂她长长的睫毛

一条河有一条河的名字
石羊河　红水河　北沙河
外河　大西河　红沙岗河
昌宁河……
古老的美丽的河流呵
我沿着你不朽的水路
走呀走
走成思绪纷飞的柳林湖
哦　我美丽的青土湖
我的美丽的苇湖
我的多情的蔡湖
你的源头呵在哪儿
你的源头　在我
在我祖先出发的地方

一条河有一条河的文化
石羊河畔
走过一些吹埙的沙井人
我的民勤呵
曾经是洋汪大海的湖泊
有风一样飘过的匈奴人
有风一样消失的休屠泽
大河两岸的汉墓群

像银河水波粼粼星光点点
汉明烽墩　长城绵延
我顺着大河的走向一路奔腾
一条河有一条河的文化
一方湖有一方湖的变迁

一条河有多长
你一步一步丈量过吗
一方湖有多大
你数过湖畔的每一株花草吗
一条河
是我生命里奔腾的脉管
一方湖
是我永远美丽闪亮的眼睛
我的石羊河呵
石羊河畔　有青青杨柳
我的石羊河呵
石羊河畔　有水鸟飞翔
青土湖呵
你还记得湖畔的牧犊楼吗
你还记得
芦苇荡里的水鸟蛋吗

石羊河·诗人与狗

诗人和狗并列坐在一起
诗人因获奖而著名
那日出行

我以为我注定会很孤独
谁料想
一个叫陶吉逗的小白狗去了
一位姓桑的戴红星帽诗人去了
他们毫无龃龉地坐在车的后排

石羊河又等了我整整一年
皑皑白雪的祁连山
倒映在碧波中
蓝蓝的天绿绿的水
比女人飘逸的长发妩媚多情
红崖山
笑弯了少妇的娟娟娥眉
微风荡涤
我尘封一个春天的胸臆

湿地公园　我担心
石羊河的左岸能不能通行
去年的香蒲棒子
执着地在我眼前招摇
水柳　芦苇　芨芨
水鸟的鸣叫牵引着我
走进水光云影的世界
我不敢
触碰石羊河大桥的遗址
我怕它
再次戳穿我不可告人的伤痛

小狗在草莽中奔窜
翘起的尾巴高过飘摇的芦苇
就算是著名诗人

此刻　也惊讶得喑哑无言
白生生的云朵随波逐流
横跨石羊河的大桥
就这样被谁莫名其妙地戕杀
蔡旗吊桥替代曾经过河的水库
风华绝代……
吱吱呀呀荡荡悠悠地摇晃
记录石羊河流过的每一朵浪花

还记得那一片罗布麻吗
燃烧四周连绵的沙丘
白的似雪
红的似火　粉的似霞
……
还记得那一年我来过
沧海一粟　星星点灯
还有
那时还未著名的陌上桑
陶先生寻找不同角度
把我拍成
一片如火如荼的风景

悠悠白云统治了宽阔的河流
车前子
摇摆着赭红色风韵的尾巴
陶吉逗几次试图下河饮水
一本正经的诗人
没有发现草丛中隐藏的险情
高大茂密的沙枣树
缠缠绵绵的沙丘
我卸下我行走半生的疲惫

凉面加肉是民勤最好的早点
西瓜泡馍是大漠最好的午餐
河之湄
囤满寻水喝的肥胖的黄蜂
我虽然小心翼翼
但脚拇指被饮水的黄蜂蛰了一下
在母亲怀抱我忘情地撒娇
诗人桑
找出种种不肯下水的理由

石羊河畔的柳林与众不同
染绿了河边上青青草
染绿了河边上微醺的风
开满红花的小苦豆
无法抵挡
大片苞米长枪大戟地入侵
蜿蜒起伏的明长城
藏匿了林莽草丛中的烽燧
倔强地坚守在沧桑的石羊河畔
我跷腿坐在一棵苍老的树枝上
头戴红星帽的诗人不甘示弱
攀上
我肩顶的树杈蹲踞在我的头顶
小白狗乖乖趴在一大片树荫里
这一天
石羊河在狗和诗人陪伴中度过

双茨科镇的十三个村

为什么叫二分村
还有一分三分四分吗
这些问题我没有搞清
什么时候
是谁修建的二分双楼
这些
让人无法思量的疑问
时光走了
建楼子的人走了
叫我向谁求证
过去的事
给人留下长长的遗憾
悠悠白云
缭绕在楼子上空
学在庙堂
二分双楼
掩映在苍松翠柏之间

关路和中路是两条路吗
路
是一条缠缠绵绵的河床
在苍苍茫茫的时光中流淌
关路还是官路
我一直琢磨这样一个问题
是东　还是西

为何又偏偏叫你中路

中　中和

中　适中　中国之"中"

凡有路的地方

一定有一群人匆匆奔忙

有人的地方

一定

有一条金光闪闪的大道

你看

西面那一条飞驰的高速

东面的路

据说要拓宽扩建

那条叫裕东公路的官路

从东西两边的村庄穿过

三杰东　三杰西

一个在东一个在西

原本大大的村子一分为二

有木有水的地方叫村庄

有木有水的字叫"杰"

三才者天地人

三光者日月星

道生一　一生二　二生三

三生万物　万物以地为母

我喜欢顶天立地的"三"

你可知道春秋三杰

汉初三杰你知道吗

西蜀三杰　晚清三杰

龙潭三杰　黄埔三杰

你知道吗

村民悄悄告诉我

三杰村一段悠远的历史
上伏龙　中伏龙　下伏龙
三杰
是一个藏龙卧虎的地方

头坝村
毫不含糊站在水渠的上风
一条自家修建的砂石路
平展展直愣愣
穿过村庄最重要的部位
杂乱无章的时光
沿着笔直的马路流淌
上东鹰
一个村子的名字
为啥多出
一个"鹰"字
一方湖泊
一片高大的梧桐林
一个水光云影的世界
一朵云
驮在一只大鹰的翅翼上
哦　我懂得了
一个村为什么以"鹰"命名

小新
把一种信仰高高举过头顶
无量佛祖　周公　桃花娘娘
清末
红柳疙瘩夯筑的土台上
主宰
整个村子的地方叫高庙

后来新建一座小庙
小新
取"新"取"小"
新建的庙
供奉刘关张三大神像
小新不小　大气磅礴
五千六百亩高标准农田
还有桃李杏春风一家的树木
万头养牛场方兴未艾
风风火火的小新
走出一片艳阳天
小新　嵌在三渠柴湾边缘
古老的庙宇　古老的土墙寨子
浓郁的古典气息
撑起
一个村子实实在在的高度

红光　红星　红正　红中
还有旭日东升的红东
老百姓喜欢叫它们"五红"
纯一色的红
红艳艳
像风中飘扬的红旗
红彤彤
像火焰一样燃烧的朝天椒
红是晨曦中升起的一轮太阳
红是天边上点燃的漫天霞光
这些
我一步一步走过的村庄
还有
那个卓尔不群的独沙窝楼子

那些
如火如荼的三代日光温室
那些
朴实而又充满智慧的村民
给了我
给了我一段粉红色的记忆

四月六日的生态文化公园

一朵一朵
云一样的绿色
是什么呵
是馒头柳
刚刚睁开的媚眼
生态文化公园
坐在柳荫里
打牌的聊天的老人
是
谁家的孩子的笑声
在花丛中翩飞
是谁
在木板做的拱桥下
拉他的二胡

满树杏花
把姑娘的脸蛋
染成玫瑰的芬芳
谁的心思

在春天的泥土里萌发
毕竟是
春风拂面的季节
几只花喜鹊登上高枝
耸一耸尾巴　叫了

苏武爷　手持节杖
一缕苍白的胡须
一缕飘在风中的芨芨缨子
羝羊　尖尖的犄角
是大汉王朝
指向漠北的弯刀
月亮圆了又缺
高高　挂在
苏武山的望乡台上

从雁帛墩下走过
那边的凉亭
伫立的几个水佬
石碑　絮絮叨叨
讲述
石羊河争水的故事
一曲《民勤赋》
是沙　是风　是水
是风沙和水写成的历史
我看见我的家乡
像一个可爱的孩童
在春天里赤着脚丫奔跑

柳湖墩畔的沙井
远古牧民

手提　夹砂灰陶罐

秋风吹响

吹响炊烟袅袅的泥坝

那些傍着红岩的白云

是下山的羊群

昂着脖子

骆驼的蹄掌

穿透风沙弥漫的时空

明清两代

那些高中的进士和举人们

学着孔子的模样

聚集在苏山书院门前

这边是飘飘袅袅的垂柳

谁是她华丽的转身

你不见

花已经开成姹紫嫣红

那位讲书的石人

是卢宝伦吗

那些唱戏的泥雕塑

响遏行云

首任北校女子校长

端坐在千年胡杨树下

书卷的清香

袭扰她袅袅娜娜的衣裙

苏武山：我母亲的墓志铭

那一年
我在苏武山
选下一方墓地
我想用最传统的方式
延长父母的寿命
我祈祷
我的父母健康长寿
像高山像松柏
椿萱并茂

母亲睡在苏武山上
头枕
一座浑圆的丘峦
有人说
那是一个大大的金元宝
山脚下
一条淙淙流淌的沙河
依山傍水　曲径通幽
这样的风水
是子孙后代的福气

我不会相信
这样荒诞的说教
人的命从来都是靠自己
别相信什么神仙上帝

那不过是宿命论的说辞
给你
飘游无依的灵魂
寻找
一个自我逃避的场所

这里
是苏武牧羊的地方
梭梭　毛条　花棒
沙葱
是苏武爷手持旄节
遗落的穗毛
还有
白云一样悠悠的羊群
从青青草地上走过
一声犬吠
一缕炊烟
一声鸡鸣
一轮太阳从山坳里升起
这些
是我母亲一生的钟爱

母亲您是走累了
静静歇在苏武山上
脚下是绵绵软软的黄沙
头顶是金灿灿的星光
您走累了　就歇一歇脚
挽一片夜色
做您温软的被褥
有苏武爷的精魂陪伴
在浅浅的夜色中

聆听青草丛蝈蝈的吟唱

自从您睡在山上
我的心
就扎根在眷眷山阿
您是我的母亲
我是
您膝下青青袅袅的抱娘草
我用不着给您树碑立传
苏武山
就是您辛劳一生的墓志铭

题黄春阳四美图

玉　春
桃红如面人如玉；
吴带当风杨柳春。

醉　风
日长睡起偎花醉；
芭蕉扇来叶底风。

思　人
枫叶逗秋撩相思；
菊香不落爱美人。

放 飞

一枝红梅凌寒放；
几茎墨竹嬉雪飞。

喜欢"泥土"这个昵称

我喜欢"泥土"
遍地走过的犁铧
氤氲
青草的气息
鸟儿衔来一片绿叶
一截树枝
飞过　粼粼水波
把一截春天
插在一片泥土里

一星嫩芽
"屯"字似的拱出地面
泥土里有水
有空气　有阳光
一株小草一棵大树
一茎摇曳的芨芨
泥土
是伊栖身的摇篮

一个人
昵称叫"泥土"
是平凡

还是伟大
是卑贱　还是高贵
把所有力量
所有宝藏
深深
藏在泥土之中

我喜欢泥土
像喜欢麦子一样
我喜欢
家乡红彤彤的高粱
我喜欢阳光
喜欢
秋天一样累累果实
我喜欢我脚下的泥土

先生在端午节这天走了
——悼念焦熙生先生

先生
您选择在"端午"节这一天走了
迎着夕阳
迎着满天霞光
那一晚好长好长
我做了一个很美很美的梦
先生
您站在高高的长满蒿蒿草草的沙丘上
您的身躯

比平时还要高大许许多多

天女散花　祥光万道

那一刻

我分明感觉到您要从这个世界超脱

在巴丹吉林和腾格里沙漠沙枣花开的日子

您走了

我知道

是西方极乐世界的阿弥陀佛

接引您到他们的西方极乐世界

先生是我最好的文友

我一直恭恭敬敬称您为大先生

您八十六岁的高龄

横跨两个世纪

像夜空中横亘的星光璀璨的银河

大先生长我几十个年头

我们是最好的忘年之交

我是读着大先生的文章　读着大先生写的书

聆听着大先生的殷殷教诲成长

您美好的德行　您崇高的人格

像板滩井的风　像蒙古高原的风干羊肉

缠绵悠长

如今

您的英灵已经做了蓬莱仙客

您的德范在您故乡的天空里飘逸

像端午弥漫的沙枣花的芳香

像青土湖芦苇叶子包成的馨香的粽子

像屈原穿透二千多年时空的爱国诗行

您走了　大先生

在端午节这一天您把手轻轻一扬

我们再也无法挽住您飘飘洒洒的衣袂

先生　我一生一世敬重的大先生
几十年前
我在一本民勤小学乡土教材的书本里
认识了您的名字
后来我们就熟识了
是您惺惺相惜
牵着我的手走进苏武山诗社的园圃
让我灿烂地绽放
先生呵
我可亲可敬的大先生
您已古稀之龄
开始您苦苦酝酿几十年的长篇小说
老当益壮　不坠青云之志
您呕心沥血整整六年又三十六天
"披阅十载增删五次"
始成正果
《决战黄沙》
一部写在沙漠上的民勤史诗
从存史的角度讲
无疑是我民勤《史记》
从民俗的角度讲
堪称我民勤"红楼夜话"
有一段时间
我经常到您家谈诗论文
听您讲关于民勤的人文民俗和历史掌故
有几次您在大风扬沙中
把我一直送到大街上
杨柳依依　恋恋不舍
我已经走远
您悠长悠长的手还在风沙中招摇

像乡村飘飘袅袅的炊烟
您精准地估算我应该到家的时间
一个电话如期而至
您咯咯地笑
先生最喜欢开我的玩笑　调侃我
说我是否悄悄钻进县城的某一个巷子
寻找我的小蜜迷失了人生的方向
这是
多么幽默多么风雅多么甜蜜的玩笑
多么恬适多么惬意的幸福的人生时光呵
大先生和我没有了年龄界限和隔膜

您是沙漠里生长的沙漠的儿子
您站在家乡的绿色的田畴上
用满腔的热忱　呐喊……
用高亢的声音为家乡放歌
您用您的文字
留住了我民勤的方言
留住了我民勤的民俗
留住了我的民勤的民间故事
您用小说的形象留住了我民勤的历史
留住了民勤人民的淳朴善良
坚韧不拔和战天斗地的精神
先生呵　我可亲可敬的大先生
您走了
您挣脱肉身的束缚和羁绊
您的灵魂
化成沙漠中星星点点的绿洲
化成跃进总干渠滔滔不绝的浪花
化成红崖山水库的粼粼春波
化成夜空中闪闪烁烁五彩斑斓的星光

大先生　您没有死
您的生命像您家乡的瓜田麦浪
在您精彩绝伦的文字中永远延续……
大先生　您没有死
您的生命像您家乡的山山水水
永恒地长存在您的崇高的人格中
愿您的灵魂向上飞升　大先生
愿您化作天上的星光俯瞰您曾经挚爱的大地
让我仰望天空寄托我对您绵绵不绝的相思

乡里乡亲的小羊桥

水去了时光也去了
风来了沙也来了
留下人去屋空的村庄
村村通的小油路
随缘蜿蜒
像一条冰冷的小青蛇
我左右张望
也没有找到路的尽头

芨芨草
整齐地站在路边上
垃圾堆起的小羊桥
一点儿也不怯场
昂首阔步　跨过
一条小小的长长的砖渠
守卫村庄的红柳沙堡

挺立在
沙堡边上　焦枯的白杨树
像挺立在边疆的石头界碑
面对狂妄自大的风沙
一寸也不让步

这是谁家的小羊桥
把村庄与沙漠连在一起
两根弯弯扭扭的沙枣木
堆满乡里乡亲的日常生活
那些无用的柴棵袤蒿
退役多年的塑料袋　破旧衣裤
以及飘带似纤长的布条
真真切切
和泥土一起走上桥面
走出村子的窗口

这是一条乡下的小羊桥
一头连着村庄
一头连着远方
土做的小羊桥
撑起
多少人难忘的童年故事
小桥上
走过日复一日的牛羊
水波里倒映着袅袅的柳丝儿
太阳　月亮　悠悠白云
还有一闪一闪的星的光子
渐渐隐入岁月忧伤的深处

想你的时候就望望月亮

我越走离家越远

我背着

无法卸下的行囊

我的故乡在哪儿

石羊河岸

有翻滚的金色麦浪

青土湖畔

有一望无际的茴香

想你的时候

我就望望天上的月亮

我越走离家越远

我背着

无法卸下的行囊

我的故乡在哪儿

巴丹吉林

有高高挺拔的脊梁

腾格里沙漠

有鬓发斑白的爹娘

想你的时候

我就望望天上的月亮

我越走离家越远

我背着

无法卸下的行囊

我的故乡在哪儿
红崖绿水
有鲤鱼跳波的鳞浪
苏武山下
有哥哥放牧的羔羊
想你的时候
我就望望天上的月亮

我越走离家越远
我背着
无法卸下的行囊
我的故乡在哪儿
蜜瓜馨香
在我的梦魂里牵绕
大漠苁蓉
在我的记忆中生长
想你的时候
我就望望天上的月亮

想起那些沙坳的芦苇

淡淡的月光铺了一床
一缕幽香悄悄入梦
我又想起
那些《诗经》里的伊人
不是"在水之湄"
也不是"宛在水中央"
是沙坳里那些芦苇

在我心中摇漾

微风吹过

又掀起层层涟漪

我该去　看看

那些日夜思念的美人

说走就走

打起背包　拎一鳖水

带一个

昌宁盆地的大西瓜

要紧的是

别忘了《叶嘉莹说诗讲稿》

还有那几本《行院物语》

我不爱

双休的日子里蒙头一睡

我喜欢

穿上胶鞋在大地上行走

看时光廊道　驿路梨花

看沙丘上

人工编织的金色网格

有空时

我喜欢阅读天地

这是我

一生必修的课程

腾格里的每一粒沙

都是

天上闪耀的星星

给了我

千年不朽的时光

让我

存入我生命的账户
我不是
懦弱的"老桑葚"
在小雪节里关门闭户
也不爱"好男人"
钻进旧志里雕虫琢字

我喜欢　喜欢一个人
坐在刀刃似的高高的沙丘上
红崖山　阿拉骨山啊
还有妩媚多姿的青山
尽收眼底……
苏武山踩在我脚下
莱菔山
在仙云中飘飘袅袅
我喜欢
偎依在沙的怀抱
和我的那些伊人们
那些
醉人心魂的芦苇
一起阅读冬日的阳光

洋葱亦可为吾师

一

记得小时种洋葱
洋葱就是调味品
家家冬天腌咸菜

葱秧稀奇不多得
洋葱洋葱是个宝
好似珍品如珍馐

二

洋葱洋葱调味品
栽种太多羊不吃
洋葱是个圆疙瘩
乍看乍像小拳头
谁种庄稼不掂量
它就捣肿谁的脸

三

不知哪年种洋葱
风起云涌刮大风
少种洋葱卖钱多
多种洋葱卖钱少
洋葱洋葱是混蛋
你的脾气真怪舛

四

洋葱洋葱有时好
洋葱洋葱有时恶
好时赚钱买汽车
恶时赔钱噬血本
别说市场道不明
经营全靠自当家

五

人人手握灵蛇珠

家家怀抱荆山玉
原来是个捞什子
垛在路边发人愁
舍得舍得舍不得
不忍不忍不忍弃
挖了还得赔工钱
不如扔掉喂冬风

六

谁知费了多少神
谁知熬了多少血
西跑东跑借贷愁
东奔西突包地忙
怀里揣着希望少
胸中盘算担忧多
心里怕鬼就有鬼
梦里也有鬼敲门

七

只要一次赚了钱
侥幸引得心发狂
明知前面是个井
哪怕跳崖也心甘
就算搭上三两年
挣红眼睛赌一把
赌来赌去自赌自
愧恨当初太莽撞

八

包地包到内蒙古
地皮炒成天价钱

咬咬牙关勒紧腰
拔了青苗种洋葱
所有赌注一起上
走火入魔种洋葱

九

凡事切莫实过头
不能睁眼撞南墙
不看人情看行情
庄稼岂可耍儿戏
一着不慎满盘输
好比雨落不返天

十

种地不能太偏激
认准主体讲花样
东方不亮西方亮
黑了北方有南方
周围四下都不亮
中间有个大月亮

十一

不要人云我亦云
不要跟风瞎折腾
眼看洋葱堆成山
一斤只卖几分钱
洋葱谷贱伤农多
农夫血流如黄河

十二

塞翁失马知非福

凡事有坏也有好
不怨天地不怨人
挺起腰杆抬起头
不是洋葱不能种
不要年年种洋葱
不是洋葱不值钱
种得多了没人要
前车已覆后车鉴
洋葱亦可为吾师

十三
民勤水少阳光多
向阳门第春常在
设施农业真真好
采光节水效益高
特色林果十万亩
民勤大地栽珍宝

十四
红枣红枣红丢丢
当年结果不害羞
葡萄葡萄圆溜溜
玉盘盛来琥珀光
枸杞枸杞红艳艳
沙乡遍地竞风流

十五
石羊治理起春潮
河水超过两亿五
莺飞草长绿葱葱
青土湖里野鸭游

祁连雪乳朝天耸

红崖水多白鹭飞

一生跟着老婆走（歌词）
——写在父亲节的日子里

女娲造人

才有了人类繁衍生息

天破了

女娲娘娘给我们补

没有女人

谁给我们烧火做饭

衣破了

谁给我一针一线补

老婆

是我最甜蜜的伴侣

白天跟着太阳走

夜里跟着月亮走

今生今世跟着老婆走

女娲造人

才有了人类繁衍生息

天破了

女娲娘娘给我们补

没有女人

谁给我们烧火做饭

衣破了

谁给我一针一线补

老婆
是我最甜蜜的伴侣
白天跟着太阳走
夜里跟着月亮走
今生今世跟着老婆走

永远的青土湖
——青土湖书画社首届书画展

湖干了
贝壳在沙地上哭泣
这是湖的悲哀吗
没有水
湖便干了
沙子在湖底飞旋
是湖的灵魂要飘散吗
不会
是湖水被风带走
在历史的天空
爆一声绝地的惊响
湖干了
土变成青色
留给我一个巨大启示
大地应该永远是绿色

湖干了
湖的名字活着
是湖

喂养了我祖祖辈辈

是湖

给了我无限生命

我的理想像水鸟

从湖面飞起

今天

我用湖的名字命名

你的名字

就是我的名字

明天

我用我五彩的笔

把你

把我的家园

描绘成

绿意葱茏的世界

用温暖的手抚摸民勤大地
——写在《民勤诗歌选》第七集付梓之际

我用温暖的手抚过

河流、山川和沙漠

我用温暖的手抚摸我的大地

抚摸石羊河　抚摸我的绿洲

我的家乡我的母亲粗糙的肌肤

我感到了母亲的深情和温暖

像婴孩匍匐在母亲的怀抱

我吮吸我母亲的乳汁

我知道应该怎样报答我的母亲

我是苏武山诗社
一个写诗的社团
诗社里有几十位老人
诗社里有茁壮的年轻人
诗社的使命
是写写民勤的绿洲
民勤人　民勤事
民勤是伟大的民勤
三十万人举起坚韧的臂膀
撑开腾格里和巴丹吉林
在沙漠抒写壮美的图画

我是民勤人
我吃在民勤
我喝在民勤
我是民勤人
我穿在民勤
我住在民勤
我用我不屈的信念
塑造一个绿色的靓丽的民勤
一个永葆青春的民勤
一个欢快少年的民勤

民勤是我的民勤
我的民勤
是石羊河写在大地
永不消逝的绿洲
是腾格里和巴丹吉林
温婉碧翠的珠宝

在民勤
写诗的人不会衰老
写诗的人享受快乐
写诗的人
是历史的天空中
闪闪发亮的星星

我用我的诗呼唤风的来临
我用我的诗呼唤雨的来临
我用我的诗呼唤水的来临
风来了
雨来了
我的民勤
我的绿洲
焕发绿色的青春

一本书
是汤汤流淌的绿水
一本书
是遍地茵茵的芳华
一本书
是滋润心田的甘露
一本书
是日月闪耀的光华

祝我苏武山诗社
像《诗经》
像《离骚》
像《史记》
像天上的太阳
永远年轻

祝我苏武山诗社
一如红崖山莱菔山
祝我诗社
一如沙丘梧桐
一如风沙沿线上的沙枣树
挺立在民勤大地

我用温暖的手抚摸
亲爱的石羊河
枯瘦的河流
荡起涟涟春波

我用温暖的手抚摸
滟滟红崖
温柔的水波轻轻荡漾
银鲤跳波
水鸟盘旋

我用温暖的手抚摸
绵绵沙丘
轻轻抚过
龙王庙老虎口
抚过风沙奔流的西河
绿色在我手指间流淌

我用温暖的手抚摸
干涸的青土湖
遍地乱跑的贝壳
做了一个水意淋淋的梦
干涸已久的青土湖呵

荡漾一湾碧波春水

我用温暖的手抚摸
我的手掌
抚过辽阔的大地
我用温暖的手抚摸
我的手掌
轻轻抚过受伤的土地
弃耕的荒凉
长出高高的芦苇

我用温暖的手抚过
所有的我的绿洲
所有的我的沙漠
我温柔的手掌
像神奇的画笔
画出遍地崛起的高楼
画出欢奔的牛羊
画出冬季里
喜气洋洋的暖棚

民勤
我的民勤
我用我温暖的手抚摸
轻轻抚摸我的辽阔的大地
抚摸我亲爱的家乡
抚摸我母亲一样温暖的肌肤

远去的罗布泊

罗布泊
是个装满水的葫芦
是一颗翡翠上的珍珠
镶嵌在祖国的西部
嫩蓝的水映衬天上的彩云
嫩绿的草乳养地上的牛羊
罗布泊是一个英俊的少年

不知过了多少年多少载
你的水干涸了
你的宝葫芦
装满了黄沙和狂风
装满了干旱和死亡
你就成了丑陋的旱魃
你就成了讨厌的模样
像潘多拉魔盒
装满人间的灾难
于是你就成了死亡的象征

我的家乡是民勤
正害着焦灼的沙患
两条黄龙死死纠缠
一条叫腾格里
一条叫巴丹吉林
总理多次叮嘱

决不让民勤
成为第二个"罗布泊"
沙漠呀
你为什么兴风作浪
也许你干涸的心灵
缺少水的安慰
也许你瘠薄的沙地
承载太多的重负
你面黄肌瘦的模样
叫我忧心如焚

家乡呀
祖祖辈辈生活的地方
家乡呀
我可亲可爱的母亲
我们正在医治你的伤痛
我们请来了黄河的水
我们撤走了牧场的羊
我们退耕了贫瘠的沙地
我们绿化了沸腾的沙丘
我们组织劳务输出
我们规划移民搬迁
我们采取综合措施
根除你的病症

罗布泊
你是什么
你死亡了吧
不要向我们走来
我们的家园
做好了开战的准备

到处郁郁葱葱
哪里有你栖身的地方
罗布泊
丢掉你的痴心妄想

正新村的那一片沙漠

巴丹吉林的风
吹过腾格里沙漠
哦　那边
那边是白茫茫的西硝池
哦　这边
这边是沙漠连着大碱湖
海水已经退潮
时光留下的遗迹还在
半个山还在
长沙岭还在
贝壳
贝壳的吉光片羽
跟着风跟着沙一起流浪

我用我的脚丈量西风
沙丘上
神兽们留下的踪迹
梭梭林把沙丘抱成一团
一簇一簇芦苇
在沙坳　走成秋水伊人
有老鸹窝的地方

一定有人家
有大榆树的地方
一定有村庄
沙漠把正新村搂在怀里
沙丘
头枕着梭梭的绿荫睡觉
碧草茵茵的紫花苜蓿
星星点点的羔羊
守卫着沙漠边缘的村庄

绵延的沙丘比西风还长
挺拔的梭梭比沙丘还高
汹涌的腾格里
站成一棵沙枣树的模样
树梢上那一窠老鸹窝还在
沙漠迎风摇曳的芦苇
举起我们高高的信念
我沿着沙丘的走向巡游
从最西北的正新村
一气跑到最东北的往致村
走过维结　走过阳和
走过一棵古木瓜树的调远
雄浑的沙漠
给了我雄浑的力量
绵软的沙丘
给了我绵软的记忆

暮秋时节
我偕妻来看沙漠
这是一年中最美的季节
沙丘

是沙漠最美的睡美人
没有
哪一根线条比沙的线条更美
赤脚在沙丘上行走
仿佛匍匐在妈妈的怀抱
仿佛触及妈妈的肌肤
绵软　温馨　甜美
秋天的沙漠
比金黄的秋色更加迷人
留一串脚印吧
交给心爱的腾格里收藏
留一串纤长的背影
交给天边的红霞收藏

重兴是个好地方

重兴是个好地方，石羊河畔是我家。
地接凉州望祁连，天连碧水到红崖。
重兴湖里堪放舟，石羊河畔可游赏。
千重麦浪摇人醉，十里枣花袭人香。
省道一线穿南北，交通便利贸易畅。
农工商贸一条龙，精神文明好模样。
移动联通建高塔，信息传递更宽广。
家家电话通广宇，村村有路连阡陌。
政府网上看世界，重兴走向大市场。
发展乡企前景好，农业科技含量高。
结构调整力度大，订单农业长势好。
制种玉米连成片，农副产品销路旺。

紫花苜蓿万余亩，农民致富靠牛羊。
封禁育草栽灌木，林茂鱼肥米粮乡。
塞上美景哪里寻，重兴遍地好风光。
桃红一片胭脂色，梨树花开白雪香。
石羊蜿蜒深深草，绿云万里藏娇音。
一湾碧水邀客游，两湖春暖野趣多。
苏武美酒醉客沉，重兴鲤鱼风味长。
重兴振兴赖民勤，关键还在换思想。
订单农业抓在手，畜牧品牌要叫响。
依山傍水风景好，旅游产业不能少。
瞄准市场抢机遇，一年一个大变样。

总理来到咱民勤

绵绵秋雨
滋润沙漠绿洲
这是从来没有过的甘霖
也许您真的要来

太阳把云彩映出万道金黄
大地将和谐汇成欢腾的海洋
您真的来了
大雁在天空中盘旋
人群在道路边云集
您从首都北京来
为了一个偏远小县
为了一个绿色誓言

红崖水激荡无限的清波
总理来了
青土湖盛满幸福的笑颜
总理来了
巴丹吉林和腾格里
穿上绿色的裙裳
总理来了
万众一心颂大治
总理来到咱民勤
春风化雨润绿洲
石羊妆绿焕新姿
总理留下一个信念
我们一定能够阻止
两大沙漠合拢

绵绵秋雨
滋润沙漠绿洲
这是从来没有过的甘霖

走进横梁山区

我是在梦幻中
一不小心踏进横梁
一湾一湾的梯田
连到天边
远处的背景
是白雪皑皑的山岭

横梁是一座山
一个村子
一个乡镇
是谁偎在大山的怀抱
是谁
头枕着一道山梁入梦

一池春水　一池青翠
深不见底的湖泊
不知哪一年流落人间
汪汪一碧的湖水哟
把庄户人的日月
倒映在水的波光里

一九三六年农历十月
天寒地冻
一队
头戴红星帽的人马
打退了马家军的骑兵
横梁高高的山峦
耸立成一座不朽的丰碑

山里的日子是青稞和洋芋
一片云打湿一面山坡
庄稼挂在半山腰上
像天边的红霞醉人心扉
山里人没有太多的遐想
只求吃饱肚子穿暖衣裳

做电商的田鼠大婶

田鼠大婶
是庄稼地里的小女人
她浇完辣沟子里的水
就钻进窸窸窣窣的苞米地
脚丫子踩着泥土
头顶红艳艳的太阳
在晨曦和霞光里穿梭

做微商的田鼠
一个筋斗云
就是十万八千里
一秒钟绕地球几十个圈
风里钻雨里走
摘下草叶上的露颗
斟满玉液琼浆的酒杯
把乡村的一粒沙
抟成金光闪闪的珍珠

乡下的路虽然很窄
乡村的人越来越老
田鼠不怕
她喜欢坐在云端上
手搭一席凉篷
向四面八方
向着四面八方瞭望

那些远天远地的
男男女女老老少少
都成了
她千里姻缘一线牵

沙瓢子西红柿来自德子家
跟梭梭农庄相比
一点也不逊色
晶莹剔透的人参果
八千年开花
咬一口甜丝丝的果汁
收藏多少日精月华
庄稼人的故事
是一个难分难解的秘密

颗颗红枣粒粒枸杞
不知道今晚在哪个城市
哪家人的茶屋过夜
据说家乡的油泼辣子
屡屡漂洋过海
早胜过我这个
足不出户的土包子
小茴香
是夏日里最好的饮料
田鼠
让津津乐道的天下人
熟悉了
巴丹吉林和腾格里
熟悉了
两大沙漠的一个村庄

武威这地方

宣威沙漠　驰誉丹青
汉武开边
霍去病　兵锋所向
匈奴像一阵风西去
偃倒的是草
是一段袅袅远去的历史
是盖臧还是姑臧
谁还能够说得清楚
留下的是城
一座白雪皑皑的祁连
一条大河汤汤的石羊

凉州　你知道大凉州吗
曹丕　你知道魏文帝吗
"西方寒凉"
成就了十三州之凉州
十六国神仙打架
前凉后凉南凉北凉西凉
大凉国文运昌盛
李元昊西夏建国
多姿多彩的历史呵
溅起些多姿多彩的浪花

你走了　我来了
来来往往　俊采星驰

张骞凿空西域
西风东渐　万国来朝
是谁用白马驮来经卷
驮出一座白马寺院
是谁在长安城开设译场
鸠摩罗什举起高高的臂膀
抓住
抓住一把过往的烟云

战争把战场摆在凉州边缘
苍凉大地生长苍凉的诗句
你可知道
大漠孤烟直　长河落日圆
你可知道
凉州七里十万家
胡人半解弹琵琶
你可知道
白居易诗写《胡旋女》
弦鼓一声双袖举
回雪飘摇转蓬舞
凉州
诗的走廊　诗的古国
说什么凉州词
天马徕兮从西极
经万里兮归有德

是谁把大大的《大汉赋》
刻写在武威的城楼上
你到底见证了一些什么
走廊锁钥　丝路门户
中国——红葡萄酒的故乡

见证西藏归入祖国版图
白牦牛　马牙雪山
格桑花　格萨尔王
谁不在凉州大地行走一遭
我行走在我的石羊河畔
行走在丰腴的大地
天马行空　自在武威
我行走在我的丰腴的大地上

第二辑

梦回《诗经》

DiErJi

那个穿红裙子的女娃
是《诗经·静女》
走出的那一位姑娘吗
我在诗经《狡童》中见过
在《郑风·褰裳》中见过
在《匏有苦叶》中见过
那是谁家的姑娘
娉娉婷婷　袅袅娜娜

《诗经·周南·芣苢》释义

那些
红裙绿袄的小媳妇
那些刚刚过门的新娘
袅袅娜娜
行走在《诗经》的世界里
采采芣苢　薄言采之

平原绣野日丽风和
采呀采　采呀采
我采我的车前子
若远若近
忽断忽续的歌声
像轻轻飘荡的白云

采呀采　采呀采
我采我的车前子
粲粲的车前子啊
掇之捋之袺之襭之
采呀采　采呀采
装满我的衣兜
装满情意殷殷的怀抱

抱疙瘩纪事

那一年我年迈的父亲
在四个井的羊房门前
徘徊了一千次
他焦灼地张望
两个登山的狂夫
后来
父亲永远走出这个世界

涉过山中一条大沙河
自东向西登山
抱疙瘩——1936 米
我越过一道
刀刃和锯齿锋锐的山脊
祭拜山顶的大鄂博

老桑葚被一阵山风吹走
高高低低明明灭灭
飘在山坳
大大的太阳悬在树梢
我朝着山口
尖利地嗥叫了几百声
那个可怜的灵魂
仿佛
在张慌失措中沉沦

喓喓草虫　趯趯阜螽

老桑葚

在荆棘和巉岩间挣扎

他没有见到一缕山泉

没有见到

守山的紫豹就眩晕了

朝着

北斗相反的方向走到天黑

大个子的桑葚还未老

就成了战战兢兢的懦夫

那一天我差一点

搬来一支救援的队伍

我以为

他也许在山谷中落难

我以为

他也许被一匹野狼衔走

黄昏的落日

红红的大大的一片血色

压得我喘不过气

那一次历险

懦弱的老桑葚让我多年蒙羞

读《诗经·摽有梅》有感

那时候　我怎知道

诗经里有一首《摽有梅》

一位老夫子

摇头晃脑给我讲解

大约三十年之前

恍兮惚兮
蒙昧的心　听不懂
那些《诗经》里的故事

三十年
关于摽有梅的掌故
一读再读
我只能
以暗恋的方式想你
那个"爱"字
始终说不出口来
你是一株开在山隅的野花
羞涩地打着菁葵
抿着不肯轻启的嘴唇

春风　一次又一次
漫过你固守的山岗
你不肯
做一次痛快的仰天长啸
你不知道
俏丽的花枝为谁而妍
月光
为谁芳馨为谁艳溢
在那个激荡多情的春天
我又一次
看见你飘然远去的背影

夏天的花开得正艳
你的矜持你的孤傲
蕊寒香冷
蝶不敢翩飞蜂不敢采蜜
你在孤独寂寞中开放

你在孤独寂寞中飘零
是谁家的月儿空照
是谁家的西风
收取你枯萎的残骸
明艳的花朵
在潋滟月光中香消玉殒

摽有梅　其实七兮
树上的果已经坠落三成
你心中突然有些不安
摽有梅　其实三兮
青春的本钱快要消尽
谁还敢忸怩作态
喜欢我的小伙子呀
你快来　快来……
快来我的花树下歌唱

飞不到山顶的老秃鹫

我登上最高的山巅
没有找到
传说中的袅袅闲云
莱菔山
像一尊佛醉卧在巴丹吉林
匆忙拜过
岁月垒起的高高鄂博
我放心不下
沙丘上的那些"黑甲虫"
那一只

怯怯生生蹲踞土坎的"秃鹫"

风把沙带走间隔把云留下
岔河子红丢丢的酸胖
还记得
夹边沟死里逃生的老右派
岁月
挽住历史的一角土墩
明朝屯军的风烟
没有
在最后一抹阳夕中敛尽

种瓜人被西风一一撵走
沙枣树
井泉河边唯一的戍卒
今年的花
没有逼走去年的喧闹
和孑遗的鸟巢
固执己见地坚守西河
守住
西河边上古老的烽墩

老桑葚将黄狗脖子
错认成
沙漠里开花的苁蓉
自此
像一个做错事的孩子
不敢面对土生土长的故乡
巴丹吉林的风
在西河的岸畔上逡巡
始终没有找到
风沙掩埋的西河遗韵

夕阳
把我搁浅在大漠旷野
连同
那一缕孤独的芨芨草
老鼠瓜
怯生生趴在沙地
貌似凶悍的"秃鹫"
那一方破了边沿的斗笠
那个
以红星帽自诩的老男人
无论如何
也抵挡不住莱菔闲云的嘲笑

风雨飘摇的鹊巢

喜鹊在枝梢上飞旋
远天远地
衔来一根草一团花絮
把枝做成架构
把草经纬交错编织进去
为了家的温暖宁馨
把一团花絮垫到窝底

窝终于做成
这是他遮风挡雨的家
为了家
他奋斗了一生一世
他的爪磨破了

他的喙啄出血
长长的尾巴一根根疏落
美丽的翅翎一天天残损

喜鹊是勤劳的汉子
风里雨里流血流汗
编织属于自己的鹊巢
喳喳……喳喳……
他踩在高枝上
翘了几下长长的尾巴
他要迎娶他美丽的新娘
他要抚育他可爱的后代

登在高枝上的喜鹊
在和风中叫了一声
向大地报喜
——我有新房子了
我要
高高兴兴迎娶我的新娘
桃之夭夭　其华灼灼
之子于归　宜其室家

仗义好施的喜鹊
在"七夕"之节飞到天上
精卫填海
用绵薄的力量
给牛郎织女建一座鹊桥
自此人间就多了一个
美妙无比的爱情故事

是谁
在欢天喜地的鞭炮声中

举起手中的木杆

把树梢上的鹊巢捣毁

覆巢之下岂有完卵

哀鸣的喜鹊在树梢上盘旋

破巢的伤痛

穿透无数凄风寒雨的日子

给人让路

给人让路

就是给自己让路

我行走在

一条窄窄的小径上

沙枣花的芳香

弥漫了整个田野

我侧过身子

给迎面走来的人让路

我知道

否则我就无路可走

给别人让路

就是给自己修一条路

别让石头绊你的脚

田野上的柳丝儿

迎接着和爽的春风

弯弯曲曲的路伸向远方

我知道

给迎面走来的人让路

脚下

注定是一条通衢大道

怀想《诗经》中的伊人

有一个人我想
想到地老天荒
有一个人我爱
爱到深入骨髓
想只是想
爱只是爱
你是天边一弯月
你是镜中一朵花
你是我永远的思念
你是我永远的怀想
你可知道这些吗
我的秋水伊人
你是
《诗经》中的蒹葭
白露为霜
你是
《汉广》中的游女
不可休思
彼美人兮　西方之人

有一个人
让我一生思念
有一个人
让我一生怀想
念只是念

想只是想
你是天边一弯月
你是镜中一朵花
你是我永远的思念
你是我永远的怀想
你可知道这些吗
我的秋水伊人
你是
《诗经》中的蒹葭
白露为霜
你是
《汉广》中的游女
不可休思
彼美人兮　西方之人

黄春阳：把日子过成艺术

腾格里和巴丹吉林
每一粒沙
都是天上一束星光
你看　黄春阳的那些陨石
堆成一个
陨石专业委员会的秘书长
只短短八年
就成了地地道道额济纳人
是书画室还是奇石馆
是地上一粒沙
还是天上一颗星
把日子

过成实实在在的艺术

我一日驱驰八百公里
像造父驭车
拜谒昆仑山的王母娘娘
是谁日日挥毫
把浩瀚的巴丹吉林
写在广袤的边陲之地
额济纳的每一滴水
是居延海的梧桐林
我沿着一条河奔流
都说弱水三千只取一瓢
黄春阳把地上每一粒沙
抟成
天上一颗一颗的星星

还记得
民勤的那个小女子
只一个华丽转身
就成了额济纳的四大美女
十月的梧桐林一片金黄
比天上的云锦还美
一个人走着走着
就走到天边上
一粒沙走着走着
就走成天上一颗明亮的星光
居延海　胡杨林　黄春阳
让我
在天边上寻找天边的神灵

今夜在梧桐林聚会

今夜
我坐在梧桐林
这是
谁家的彼得堡
圆圆的月亮
从沙丘爬上来打亮
橘黄色的晚霞
被喧嚣的夏日敛尽

水渠哗哗流淌
夜归于草丛的虫吟
不远的村庄
传来
高高低低的犬吠
卖力的朋友
用白酒
浇灌胸中的块垒

是天上的酒星聚会
酷似莫言的寿爷
肯定是酒仙下凡
谁不记得
两亩园风云际会
多年以前多年以后
润和　四海为家
走来走去

也没走出腾格里的村庄
今夜
又一次投入沙漠的怀抱

是谁
在星光下设宴
是谁
在璀璨的星河闪烁
该来的全都来了
可爱的朋友
赴一场
王母娘娘的蟠桃盛宴
梭梭农庄　芦花鸡
当你把第一缕阳光
播进沙漠
我就追逐你的脚印奔走

大漠　光风霁月
哈溪沟的松涛
又一次
漫过我的袅袅梦境
"北窗一枕"棋王阿成
"陌上桑"脖子通红
一点不胜酒力
那是"漠上曰"哥哥嘛
那是"奥区好男人"嘛
该来的全都来了
那些
梧桐树影里的烤炉
一点
不亚于西域的大胡子
滋滋……滋滋的薰香里

"海陆空"纷然登场

我的月亮藏进云朵
夏夜
盛开成一片花海
那是蛐蛐
学着流水的叫声
我想问
天边最亮的那颗星星
今夜
是不是将我留在沙漠
一缕一缕酒香
从七高八低的指尖上
连绵不绝地飘过
飘过
寂静无边的腾格里沙漠

灵　感

来了　你悄悄来了
蹑手蹑脚
我不敢丝毫怠慢
伸开双臂
把你紧紧拥抱
我不敢松手
我以我的秃笔
歪歪斜斜
把你安置在方格

来了　你悄悄来了
蹑手蹑脚
在我入寝的时候
傍我而眠
在我梦中潜滋暗长

来了……
当我起床的时候
来了……
如同一轮朝阳
拥入我的怀抱
在我微醺的时候
在我游览的时候
在我与人闲聊
你来了
我不敢怠慢
像迎接尊贵的客人
紧紧握住你的双手
你是不速之客
我生怕你匆匆逃走
茫茫的人海
我无法
寻觅你渺邈的背影

来了……
在我不经意的时候
在我无数次怀想之后
你来了
浪花似的灵动
电光似的一闪
我毫不迟疑地抓住
抓住

我抓住我亲爱的灵感

刘新吾《杂碎》跟帖

杂碎是生活
也是心情
把心情写下来
把生活写下来
生活一天一天过去
心情一点一点消失
昨天的太阳
昨晚的月亮
都成明日黄花
别小看一朵花开
别小看一片叶落
这些
日夜流淌的时光
我没有抓住
我没有抓住
一个草根的日常杂碎
留住
留住了匆匆过往的岁月
留住
留住了昨夜璀璨的星光

流淌在心底的春水

我想走进
三千年
荒烟蔓草的《诗经》
听河洲上雎鸠关关
听《葛覃》里黄鸟喈喈

《诗经》是女性的舞台
我想看看《秦风·蒹葭》
在水一方的伊人
我想看看盈盈汉江
翩若惊鸿的游女

《硕人》里的庄姜
巧笑倩兮　美目盼兮
灼灼其华的《桃夭》
其叶蓁蓁　宜其家人
《出其东门》有女如云
我想看看缟衣綦巾的美人

贻我彤管的《静女》
折我树桑的《将仲子》
我想看看《诗经》里
有女怀春的恋人
我想看看原野上
采采芣苢的少妇

如果你想我爱我
你就褰起你的衣裙
涉过宽阔的溱河
我想看看
《褰裳》里俏皮的子惠

春草碧波　绿水逶迤
溱与洧　方涣涣兮
艳如桃花的少男少女
你戏谑我　我调笑你
相互赠送幽香的芍药

勤劳敦厚的喜鹊
迎娶美丽善良的布谷
三星在天　今夕何夕
漂亮的姑娘呵
今夜是个什么日子
我要和你比翼齐飞

清晨的露珠儿
在嫩绿的草叶上滚动
蔓草萋萋的田野
邂逅如花似玉的美人
一日不见　如三秋兮
一日不见　如三秋兮

风姿绰约的《诗经》
蒹葭苍苍
在水一方的伊人哟
像一湾春水
在我心底里流淌
在水一方的伊人哟

像一湾春水
在我心底里流淌

柳林湖：田贡爷的一段寨墙

人都烟消云散
一把
锈迹斑斑的铁锁
能否锁住
风尘深处的岁月
堡的主人
早已走进历史烟云
长长的堡墙
疲惫地支撑着
一段不肯倒毙的时光

女墙
还有高高的女墙
一往情深
一如
青土湖的芦苇
坚守一段
秦淮河畔的风花雪月
田贡爷一去不返
我站在高高的土墙下
遥望
一个背影的远去

是谁留下的遗言

像朦朦胧胧的月光
令人琢磨不透
柳林湖
一个
响当当的历史地名
一转身就走了
是谁
把那样多的水带走
把一片土地
交给风沙和荒凉

我像
画中的古代仕女
梳理头发
一遍又一遍
梳理我凌乱的思绪
镇番营　临河卫　镇番县
还有同治年间的回乱
你来我往的铁骑
燃烧不息的篝火
以及
凛冽的寒霜
闪过的刀光剑影

一段土墙
立在凄清的月光下
五百年……
你是
一位老人一部泛黄的古书
柳林湖……
你的前身是一片大海
云走了水也走了

鸟走了人也走了
只留下
一位蹒蹒跚跚的老人
和一段秋风斜阳的絮叨

民勤生态歌谣

青土湖

大风吹浪上庄墙，青土湖边水海海。
杨柳垂垂垂下水，芦苇高高高上天。
村头梨树白雪香，湖畔桃花蘸水开。
粼粼水波鸭娃娃，满湖全是白蛋蛋。

红崖山

祁连雪线往上升，石羊河水欲断流。
黑山山头不积雪，红崖水库无波浪。
二〇〇四那一年，红尾鲤鱼埋坟丘。
枯木颔首祭荒冢，白云泣泪向斜阳。

苏武灵泉

石潭汇水响叮咚，苏武山高有灵泉。
溪流蜿蜒入沙海，杨柳伴水下江南。
黄莺织柳穿金线，鸟鸣碧翠撒珍珠。
林茂水丰前朝事，今日植被半枯焦。

小河垂钓

民勤自在好地方，沙井文明说辉煌。
湖滨芳洲可牧羊，小河垂钓堪做粮。

满渠膏腴杨花舞,万顷绿树锁春烟。
今日黄沙压庄墙,总理多次做批示。
绿色长城竖彩屏,坚决撵走罗布泊。

总理来民勤

二月二日龙抬头,千里雷声万里闪。
三月五日吉祥日,人民总理有关爱。
民勤生态是大事,决不变成罗布泊。
春潮涌动春草绿,万紫千红换新颜。

陌上桑《月光淌满疏勒河》跟帖

月光
幻成五光十色的丝绸
在疏勒河波光上舞
莫非是
莫高窟飞天的仙女嘛

月光沐浴沙漠
唱一曲阳关三叠
客舍青青柳色新
谁说西出阳关无故人
千年不休地吟唱
月光
画出一道不褪色的风景
比水
更能穿透历史的灵魂

陌上桑

一曲月光下的疏勒河
流不尽
祁连山的雪水和阳光
你可
看见王维出汉塞的征篷
大漠孤烟直　长河落日圆
你可看见李颀
白日登高望烽火
黄昏饮马傍交河的诗意

陌上桑
喝一肚子石羊河的水
乘一片秋风落叶
夕阳中月光的思绪
浸透粼粼水波
浸透　阳关以东
大唐汉子的骨骼
岑参
辞家见月两回圆
平沙茫茫黄入天
那些疏勒河的月光呵
一定是你的情怀
伴灞桥柳划过天际

陌上桑
一曲阳关三叠
一渠流淌的波浪和月光
悠悠
在沙漠和旷野奔驰
疏勒河呵
你莫非要流成天上的银河
星光闪烁

让我乞巧之夜
在葡萄架下谛听牛郎织女
纤云弄巧　飞星传恨

人世间最大的懦夫

我踽踽独行
攀上
莱菔山最高点的时候
我情不自禁地说
——陌上桑是个最大的懦夫
人世间地地道道的懦夫
用最美的文字
包藏最污秽最险恶的灵魂
高高举起的手中的皮鞭
凭空抽打
那些
拉盐走在坡道上的老马
自己却爬不上
一道小小的低低矮矮的山梁
看一看
传说中缭绕的莱菔仙云

一个不肯行走天下的人
如何走得出七彩的人生
去吧
在何无有之乡
在大漠旷野做你的美梦
一个跛脚的男人
你的红星帽去了哪儿

一个头戴斗笠
一个虚张声势的男人
一路说尽了泄气话
当我跟山巅高大的鄂博
并立在一起
那个秃鹫一样孤独的男人
像一只可怜巴巴的黑色小爬虫
淹没在
苍苍茫茫的腾格里沙漠

东张西望的陌上桑
头戴一顶大大的斗笠望天
蛤蟆绿豆小眼睛
一刻不停地打量
路边上压弯了枝的槐花
山野的沙葱
牵住一个沙老鼠的心肠
红丢丢的沙枣
还是去年残留给鸟的食粮
捋一把喜滋滋揣进衣兜
这是
陌上桑行走一天的最大安慰

我一向认为
陌上桑是个腾云驾雾的行者
凶凶势势的迷彩服
反成了我行走天下的羁绊
莱菔山的仙云你有没有看见
两半个沟的崖畔上
杨六郎亲手栽植的老榆树
你有没有看见
沙漠中蜿蜒曲折的大西河

你有没有看见

碱滩上　那两株

黄葱葱刚刚钻出地面的黄狗脖子

陌上桑胆大包天冠以苁蓉的名号

多年前见过一面的井泉墩

今儿个

我又跟你肩并肩站立在一起

穿红裙子的姑娘

麦子黄时

葫芦花儿开得欢

桃之夭夭　其华灼灼

你看

那个穿红裙的女娃

是《诗经·静女》

走出的那一位姑娘吗

我在诗经《狡童》中见过

在《郑风·褰裳》中见过

在《鲍有苦叶》中见过

那是谁家的姑娘娉娉婷婷

穿红裙的女娃

像一片云彩飘过天空

像一只蝴蝶

飘过

山野翩翩跹跹的油菜花

这是谁家的姑娘

麦子黄了

春风里粉嘟嘟的杏花呵
也该嫁人了
这是谁家的姑娘
桃之夭夭　其华灼灼

裴总泽武的传奇人生

那是一座山的崩塌
那是一座巍峨的山峦
突然在我眼前崩塌
那一天
您还像往常一样
坐在
您家宾馆门前的木雕旁
一杯茶一支烟
哦
您已经不像往常一样抽烟了
我不知道
那个浅浅的夜
您想了些什么
仲春闪闪烁烁的星光
您再也没有
涉过那一道浅浅的银河

您家新买的房车
还停在您家的车库里
您将您的后半生
跟一辆车联系在一起
行走

是您一生的本色

从阿拉善到呼和浩特

从锡林郭勒到大兴安岭

到满洲里

呼伦贝尔是您心中的天堂

您是草原驰骋的骏马

您是沙漠高飞的雄鹰

那一夜

您坐在您家宾馆的楼下

坐在您喜爱的木雕旁

您突然间就倒了

像一座玉山一样猝然崩塌

我还没有

来得及打一个电话

您的基地上的大西瓜

清凉了我整整一个夏天

你的中华烟

我还想抽上一支

金徽宾馆

我还想跟您聊一夜通宵

您在茫茫人群中掉臂

您在广袤大地上行走

您的智慧

比您深夜的呼噜更加响亮

人生给予您的

您向着四面八方馈赠

一杯苁蓉酒

阿拉善宏魁苁蓉集团

让我端起酒杯

向您的老总裴泽武奠祭

一个人一个神一样的存在
因为您
我来来往往
无数次穿过腾格里沙漠
阿盟　巴音
一个令人神往的地方
我的红旗车是您给我转手
我第一次学会开车
您陪着我去兰州
那一夜
温馨如坐春风一样
您是一个大众一样的情人
别人的事就是您的事
您心怀像大海
您温暖如春曦
您突然间像一座山一样崩塌
天南地北都哭了

您是我初中的同学
您是
一个地地道道苦命的孩子
寒冷的冬天您穿不上裤子
后来您就消失了
您一个人睡在僻远的荒野
生产队的羊跟您一起做伴
寂寞的夜啃噬一个人的灵魂
您站在冰冷的夜风中
站在孤独的小小的羊房顶上
数遍满天闪烁的星星
然后
您孑然一身穿过腾格里沙漠
您成了一名煤矿工人

一把铲煤的大锹

是您的吃饭的铁锅

是您前半生的全部家当

一辆大卡车

跑遍大兴安岭角角落落

您是风

您的足迹遍布草原和沙漠

裴总　您真的就走了吗

您大手只轻轻一挥

就把这个世界彻底抛弃

让我们来不及冥思细想

隔山隔水

我无法亲临送您一程

我还想喝您一杯苁蓉酒

我还想

吃一个您梭梭基地的大西瓜

我还想

吃您亲自张罗的烤羊背子

我还想跟您抵足而眠

听您讲一宵人生故事

裴总

我都习惯了这一个称呼

可是您像一阵风走了

留下身后的沙漠

留下

身后的草原身后的贺兰山

有一条路您走了又走

有一种酒您喝了又喝

有一支烟您还没有抽完

您坐在您家楼前的木雕旁

那个黄昏

您像一轮大大的太阳

那个夜晚

吹过沙漠的风

吹过草原苦涩的气息

您像一颗流星划过天际

您像一座大山一样崩塌

让所有人猝不及防

您新买的房车

还停在您家的车库里

您的妻您的儿女

您的可爱的小孙孙

还有您绵绵不绝的天伦之乐

您得向天再借五百年

从今后

您爱吃的民勤馍馍

您喜欢的民勤茄辣

让我　让我往何处送达

润和伸来的那一双大手

腾格里

和巴丹吉林

因为你而骄傲

我们

因为你而荣光

热情

是沙漠的本色

陪伴

是故乡的拥抱
再见
是扯不断的袅袅炊烟

游子的手
伸过
风风雨雨的岁月
紧紧
牵住母亲的衣襟
故乡的柳丝儿
挽不住
你匆匆的行色
如今呵
梧桐林那轮圆月
一半留在我的沙漠
一半留在你的心中

自在天马　长风万里
兰州—北京—苏州
好男儿志在四方
相聚是故乡的一杯酒
再见是天边的一朵云
一曲新词酒一杯
你手握岁月的年轮
把一段过往的时光珍藏

少男少女

长大了的女孩

是四月的红桃

是春风里

长大的雏鸟

有着山鹰一样的理想

憧憬云一样的蓝天

长大了的女孩

是山涧清纯的泉水

心窝里流淌

叮叮咚咚的情愫

成熟

像满山满洼红透的野果

娇滴滴缀满枝头

小伙子日夜在林间徘徊

甜津津的眼睛

一遍又一遍揣摩

哪一颗该属于自己

诗歌到底是干什么的

诗歌

如果不是一匹驰骋的马

也应该是一条长长的马鞭

如果不是讴歌生活

也应该是生活的讽谏和鞭挞

诗歌如果不是酥软的丝雨

也应该是一剪细细金风

滋润大地的应该是诗

暖温人生的应该是诗
如果我们的世界
只有夏天的灿烂春天的花朵
那么我们的生命
必然失去天空一样的颜色

如果诗也像狗一样沦落
像风一样轻浮
像树叶一样在风中狂欢
疯疯癫癫拍一双大手
这不是
《诗经》里走来的诗歌
是一朵
无茎无叶的花在空中飞舞
一只青蝇到处乱撞到处嗡嗡
这到底是谁家的苍蝇呵
无边的风云无边的迷霾
向无边的天际弥散
诗如果不是向着生活耕耘
诗必然是
吟风弄月的跳梁小丑

诗歌是人民的歌唱

诗歌
是生活长出的根苗
诗歌的思想
就是人民的思想
如果

不是站在大地上歌唱
如果
没有泥土氤氲的气息
如果
没有麦子一样的芳香
诗歌
就是疯长一地的毒草

诗歌是歌
是大地真诚的歌谣
诗歌
是树叶痛苦时的颤抖
是向罪恶射出的真枪实弹
诗歌
是胜利时的欢呼
是人民的心弦弹奏的凯歌
诗歌
是生活吹响的战斗号角

诗饯海文小弟义乌之行

海文　真是文海
在草原上驰骋
在文海中纵横
如今
乘着苍茫的夜色
乘着微醺的酒
又要起程
莫愁前路无知己

天下谁人不识君

一阵风
吹过浩渺的旷野
心像一片片树叶
在秋凉的风中
为我
行走在天涯的小弟涕零
今夜
就这样走了……
我的海文小弟……

多年前
在你的书摊上认识
一来二往
是你第一次
教会我网上聊天
是你
第一次送我
一搂土山子的沙葱
是你
从遥远的有鹿伎伎的包头
提着酒来　与我对饮

今夜又要走了
义乌
你将走向何方
这黑色的夜
星光能不能给你照亮
也没有
一个人陪在你身边
分担生活的忧愁

说一句温情话
在你郁闷的胸口轻揉

关于
那一件耿耿于怀的事
我只能深深埋在心里
可泥土中的种子
总会
撑破泥土长成参天大树
春风中你不开花
秋天也不会结出果实
如果有一个女人陪伴
你也不会
在这深不见底的夜色中
踽踽独行……

《诗经·野有蔓草》

邂逅
是一袭锦色的白纱
你的车子太小
载不动
玫瑰似的夏夜
载不动
融融如水的月光

邂逅
是零露瀼瀼的蔓草
是

幽幽山谷绽放的馨香
相逢是一杯茶
一片花的笑靥
一个飞来的眉色

邂逅
是沙漠一轮秋月
在红崖水波里荡漾
你是
风中袅袅的柳丝
我是过路的云
无意间打你身旁经过

《诗经》要读一千遍

我说
《诗经》要读一千遍
你是我
百看不厌的月中嫦娥

我说
《诗经》要读一千遍
你是我
蒹葭苍苍的秋水伊人

我说
《诗经》要读一千遍
你是我
星光璀璨的锦绣华章

诗人的本质

诗人首先应该是人
然后才去作诗
诗如果没有生活
诗人
就是地地道道的骗子
那不是诗
是流氓式的欺世盗名
诗除了歌颂
还应该鞭挞什么
如果只为着虚假歌唱
那算得了什么诗人
如果
只看见太阳上的黑子
那样的诗
刺伤的是大地的心窝

诗人
你应该弄清诗的本质
含蓄已经失效
我必须勇敢地站出来
大声呐喊
哪怕我胸膛上
中一支带刺的毒箭
诗是诗人的武器
决不能向着真善美射击
也不能

不向着假恶丑开火
我爱以身许国的屈原
我爱冲锋敌阵的辛弃疾
我爱
安得广厦千万间的杜甫
我爱《琵琶行》
我爱
"新乐府"诗人白居易

诗是生活筑起的长城

诗是
穿山越岭的万里长城
一头挑着太阳
一头挑着月亮
诗是
夜色点亮的璀璨星空

是谁
给我生生不息的生命
是腾格里的山山水水
是谁
喂养我绿色的诗行
是庄稼人的家长里短

一曲清歌酒一觞
我的诗　不是
花花绿绿的羽衣霓裳
你不要

不要向着云里来雾里钻
做一条
见尾不见首的"神龙"

诗是实实在在的生活
简简单单的情绪
诗是清清爽爽的风
鼓起乘风破浪的船帆
诗是秦砖汉瓦
筑起穿透历史的万里长城

诗是蜜蜂酿造的花酒
是收成镇兴圣村的玉妃美人
诗是双茨科红彤彤的红辣椒
是东湖镇万里香飘的茴香
在飘飘袅袅的云端上缭绕
诗是连丰村的人参果
是叶长联种植的大棚沙葱
是蔡旗镇的枸杞官沟村的韭黄

把根扎进《诗经》的土壤
人民大众的情爱
是我至纯至美的佳酿
诗是石羊河畔的香蒲棒子
诗是沙井文化的夹砂红陶
一畦春韭绿　十里稻花香
一头牛一匹马一个牧人
诗是苏武放牧的一群羔羊
诗是生活筑起的万里长城

植根在《诗经》的泥土

一首诗在梦中一闪
就不见了踪影
一弯月
在黑夜里出现
天一亮她转身走了
那只玉兔
那一棵
吴刚伐不倒的桂树
嫦娥
并未给我捧一碗酒来
袅袅
化一片飘逸的云裳

我的诗
是读书时挥洒的汗水
一只鸟
蹦跳时滑落的歌谣
是深山幽谷
逸出的一缕芳香
我的诗
是风走过湖面
溅起层层涟漪
在夜的边缘逐一袭芳华
我的诗
是深埋在
《诗经》里的一枚种子

蝴蝶翩翩

一片云携来七八个雨点

我的诗

是秋风中飘飘悠悠的黄叶

是石羊河畔青青柳

是青土湖的夕阳

是一秆秆芦苇娉娉婷婷

是梭梭根长出花开的苁蓉

我走遍我的民勤

每一粒沙　每一缕风

每一只昆虫

每一座沙丘上爬行的沙娃娃

都是我摇曳多姿的诗篇

四方墩，我又来了

我爱我的巴丹吉林沙漠

我更爱我的村庄

那些年

风撵着我的脚踝

四处奔走

沙爬上了我家的屋顶

四方墩

守住了金戈铁马

却没有

守住一片绿洲

没有守住

一个风沙中的村庄

当我把

第一缕麦秸种进沙漠

当我把

第一棵小树插向沙丘

我就是

一面火红的旗帜

在浩瀚的沙漠高高飘扬

一个脚印

是我逆风鏖战的信仰

一片晚霞

是我永不褪色的红纱巾

一点星光

是我满含深情的眼眸

四方墩

我来了　我又走了

白天　黑夜　一年四季

走过春夏秋冬

迎着风沙

迎着雨迎着酷热

我来了

你来了　他也来了

来来往往的人

伴随来来往往的季节

金色的沙障绿色的梭梭

在沙漠里延伸

又是一个秋天我来压沙

又是一个春天我来植树

年复一年地行走

四方墩

走进郁郁葱葱的世界
我来了你来了
五湖四海的朋友来了
我家的四方墩呵
走进
走进了中央电视台
今天呵我又来了
又是一个绿油油的秋天
我又来了
我编织属于我的金色网格

梭梭　梭梭　一行行梭梭
绿透我的双眼
绿透一望无际的巴丹吉林
都说
这儿是腾格里最东端
西风呵请你擦亮我的眼睛
昌宁盆地的水一去不返
请问
你能不能　找回
那个碧波荡漾的湖泊
你能不能　找回
找回藤萝
缠绕绿树的童话
咕咚　咕咚
让咕咕咚咚的泉水
在我　在我的梦中流淌

"天之然"民俗文化博物馆侧记

天下珍宝尽入吾彀矣
我的哥
你
赛过当年的故宫博物院
踏着晨曦出发
背一身太阳
在沙漠里
拣拾民俗的历史的碎片
风里雨里
把黄昏
和星星一起扛进家门

你不是"小资"
你是
名副其实的"大资"
你举重若轻
把一件别人不敢想的事
高高举起　轻轻放下

那些尘封了的
那些睡在历史深处的
那些
掩进野草丛中的
纷纷站立起来
欢天喜地　蹦蹦跳跳
风姿绰约向我们走来

是谁呼风唤雨
是谁化腐朽为神奇
是"天爷"
是传说中的"天之然"
玉管通地理　朱笔点天文
是谁经天纬地
在我的腾格里
在我的巴丹吉林
树起乡村民俗博物馆的丰碑

韦兴正的《一棵树》

一棵树在张家坑之北
花儿园旧社之南
空空茫茫的旷野上
一个不老的爷爷
一个不大的孙子
把两个影子写在沙地
写成一棵树的模样
岁月默默流淌
流淌的花儿园河呵
把一座大山的岩石
流淌成银河闪烁的星光

一棵树就是一个人
一个人就是一棵树
孤独的树
把孤独的树影
写在孤独的沙地上

一棵树
无论多高多大
也离不开脚下的泥土
一个人无论走多远
也走不出自己的年轮
走不出妈妈深情的注视

一滴泪滴进脚下的沙地
一粒沙揉进迷茫的眼睛
再长的路
也长不过身后的背影
再孤独
也比不上旷野一棵树
风风雨雨的凄苦
凌厉的时光一带而过
让一棵树
独守一片偌大的旷野
旷野的风
吹过树梢孤独的叶片

一个人走着走着
就走成一棵孤独的树
一个人
走着走着
就走成花白的头发
一棵树下
来过一个不老的爷爷
来过一个不大的孙子
爷爷
一滴泪滴进孤独的树根
孙子
追着一只花蝴蝶奔跑

我多想走进《诗经》

我多想走进《诗经》
三千年前的生活场景
看看
在水一方的伊人
看看黄草湖
风中招摇的青青芦苇

我多想走进《诗经》
三千年前的生活场景
看看
采采芣苢的田家少妇
听听　平原旷野
群歌互答的袅袅余音

我多想走进《诗经》
三千年前的生活场景
去看看
俟我于城隅的静女
爱而不见　搔首踟蹰
那一个贻我彤管
那个情意缠绵的少女

我多想走进《诗经》
三千年前的生活场景
看看
灼灼其华的夭桃

绿叶蓁蓁的夭桃
之子于归　宜其家人
看看
那个含苞待放的新娘

五月端午悼屈原

一种信仰
凝聚一个伟大的民族节日
在沙枣花香的日子
黄钟大吕　扑面而来
因为你那纵身一跃
还是
浪漫主义的千古造化
一个全民族的节日
让我在香气氤氲的世界
攀登一座不可逾越的高峰

屈原走了
一个行吟江畔的诗人
怎忍得住
千古同悲的国破家亡
操一曲《离骚》投进汨罗江底
是谁整理了祭神的《九歌》
是谁写下《九章》泣血涟涟
《天问》
天给了你怎样的回应
天南地北都在为你《招魂》

《楚辞》
是银河闪闪烁烁的星光
你可知道《诗经》的伟大
两条河浩浩汤汤
现实和浪漫的源头活水
你可知道
香草美人从何而来
你是芳香的香草
还是美丽的美人
你忠诚爱国还是奸佞小人

亦余心之所善兮
虽九死其犹未悔
麦子在大地上艰难跋涉
沙枣花的芬芳如期而至
这些美人香草
不会忘记
一个诗人的伟大情怀
一场风
没有刮走一个民族节日
又如何迷失一个崇高信仰

写进鸡蛋里的故事

时光
把太阳稀释成一枚鸡蛋
那些绯红的羞涩
也该到揭秘的时候
妻子　多次在盛大场合

毫不掩饰地走漏消息
她的爱　是我
用几个水煮鸡蛋兑换
一切都成为过去
一切都成了粉红色的记忆
那些小小的水煮鸡蛋
不经意走进历史
走进我爱情的罗曼蒂克
沙漠公园　民勤治沙站
红崖山水库　黑山头……
石羊河青青袅袅的沙柳
凡是我翩然飘过的地方
都有水煮鸡蛋氤氲的气息

打了一地的鸡蛋
在县城的大街上流淌
流淌一地的红葡萄酒
那是很多很多年前的事
白的蛋白　黄的蛋黄
似混沌未开的宇宙
这是谁家的一兜鸡蛋
谁家俏皮的孩子
打碎一兜鸡蛋　羞涩地走了
来来往往的人　你来我往
虔诚的奶奶
一位乡下白发苍苍的奶奶
跪在秋天的大街上
把一地流淌的鸡蛋
捧进她单薄的塑料袋子
连同夕阳中
那一抹霞光和金色秋天

先有鸡还是先有蛋
一个千古的谜题
我以风华正茂的意气破解
凭借几个水煮鸡蛋
在那个
拖着长长饥饿尾巴的年代
我赢得一场实实在在的爱情
像一块马蹄铁
赢得一场战争
早餐
妻子把一颗水煮鸡蛋
恭恭敬敬摆放在餐桌上
我体悟到
一份惊天动地的力量
地上一粒米　天上一颗星

大街上流淌一地的红葡萄酒
没有凝成一枚水煮的鸡蛋
一场又一场黑色沙尘暴
荒芜了我的大地我的村庄
冰冷的水泥桩
没有在春风中开花
也没有在秋风中结果
那些
深深潜入泥土血红色的伤痛
是秋风中一滴冰冷的眼泪
是先有鸡还是先有蛋
不是一道命令一纸公文
是实实在在生命演进的过程

寻找一段沙漠的传奇

是谁把两大沙漠
写成一个传奇
我的浩瀚的腾格里
我的美丽的巴丹吉林

一部《庄子传》
溅起沙漠层层叠叠的涟漪
二十八岁
王新民写下一段凄美的传奇
像沙漠扑朔迷离的海市蜃楼

那个叫王永宗的院长
手牵石羊河缠缠绵绵的柔波
走进东湖镇附余村
走进逶迤的沙漠深处
找寻一段悲悯凄婉的绝响

新民先生从这个世界走脱
二十八岁
二十八岁的生命呵
他母亲那根弯曲光滑的红柳拐杖
撑过多少泪眼婆娑的日月

院长的一双大手
像田野上那一棵高大的榆钱树
撑起一片蓝天

撑起一个村庄的断裂和沧桑

一箱冰糖雪梨消融无数辛苦
一沓崭新的人民币
承载一个民族的传统美德
人在长城之外文在诸夏之先

温文尔雅的眼科主任
把一本《庄子传》读了又读
是谁
用伤痛的生命写下一段旷世传奇
两大沙漠
没有留住自己孕育的孩子

八十六岁的奶奶神志格外清朗
她指认我是曾经来过的那一位
已经模糊的泪眼仿佛看见了什么
我说　奶奶我们都是您的儿子

新民先生那一架无人问津的古书
《十三经注疏》《庄子传今注今译》
……
一张古色古香的雕花长条桌
诱得陌上桑蜜蜂一样嗡嗡嘤嘤

乡里的臊子面让我找回久违的童年
冯廷兵安排的晚饭在永庆村的农家
让我又一次看见三星在野的情景
看见路面和陂阴残留的那一溜积雪

赠艾玲

这是
祁连山巅的阳光
腾格里沙漠的火焰
红崖山的碧水
青土湖的芦苇
请你带上
这是
石羊河的葡萄
蒸干了水分的甜蜜
请你带上

说起一张娃娃脸
还记得五年前
你那样真诚那样认真
让我想起迎宾湖
秋叶袅袅
鸿雁飘飘的诗笺
渐渐沉淀在
心灵最深最深的地方

这是一份心意
是祁连山的雪峰
腾格里沙漠的热情
红崖山的碧水
青土湖的芦苇
还有沙漠挺拔的梭梭

以及五月喷香的沙枣
八月滟滟的红柳
请你带上

请你带上
这些童年的歌谣
带上家乡的风物
和楚楚动人的笑语
你像
一串一串的驼铃
在巴丹吉林
和丝绸之路上回响

醉清风：激情点燃的男子汉

黑夜
你是一钩弯弯的月亮
沙漠里
你是一轮夏日的太阳
是谁给你激情
点亮一把熊熊燃烧的篝火
你是民勤的孩子
腾格里给了你热情
巴丹吉林给了你雄浑
你把一颗一颗的文字
种在广袤的泥土里
你是
葵花的圆盘追着太阳奔跑

甘肃农业出版传媒
为农民立言为生民立命
后稷被弃之后
是谁护佑
那一声惊天动地的啼哭
彩虹是风风雨雨
一针一线绣出的颜色
民勤的孩子
沙漠给了你风的翅膀
太阳给了你沙漠的炽烈
好德的大地生生不息
凤凰于飞　翙翙其羽
梧桐生矣　于彼朝阳
你是腾格里点燃的一束星光

前面的路注定弯弯曲曲
峰回水转　处处花发莺啼
民勤的孩子
你是一峰负重远行的骆驼
脊背上驮着两大沙漠
走来走去
你就走出一条"丝绸之路"
还记得　你说你有些足疾
血在心中奔流
路在脚下延伸
你是石羊河激荡的浪花
你是青土湖坚韧的芦苇
你是滋润大地的云朵
你是庄稼人金黄金黄的秋天

第三辑 腾格里的金秋
DiSanJi

是谁 手持节杖
放牧朵朵白云
石羊河畔的埙声
吹起……
金色麦浪滚滚而来
柳林湖
飘飘袅袅的茴香
是庄户人甜蜜的梦乡
请你到我民勤来

民勤的蜜瓜熟了

祁连山啊
长出一根绿油油的藤蔓
弯弯曲曲伸进两大沙漠
我的腾格里啊
我的巴丹吉林
用一双火热的大手
捧起一片绿洲
捧起一片绿洲
这就是我的民勤
这就是我的民勤
绿洲
是藤蔓上结出的蜜瓜
绿洲
是藤蔓上结出的蜜瓜

石羊河的水汤汤流淌
流过红艳艳的红崖山
流啊流
流到我的两大沙漠
流啊流
流到我神往的青土湖
高高的芦苇
高过高高的沙丘
鱼儿在水波上蹦跳
水鸟在天空中翻飞

甜甜的蜜瓜在云外飘香
甜甜的蜜瓜在云外飘香

啊　我的河西走廊
我的丝绸之路
走了数千年的丝绸之路
是蜜瓜
是蜜瓜蹚出的通衢大道
是蜜瓜
是蜜瓜蹚出的通衢大道
一路走来
大汉王朝　万马奔腾
张骞使者　杖节西行
大漠孤烟直
长河落日圆
腾格里的太阳啊
腾格里圆圆溜溜的太阳
是民勤甜甜的蜜瓜
是民勤　甜甜的蜜瓜

蜜瓜……蜜瓜……
我的民勤的蜜瓜啊
甜甜的蜜瓜　大大的蜜瓜
有人叫你白兰瓜
有人叫你黄河蜜
有人叫你玉衣佳人
有人叫你郁金香
有人叫你沙蜜宝
有人叫你金美郎
一百零八个品种啊
一百单八将
风风火火闯九州

风风火火闯九州
一百零八个品种啊
一百单八将
风风火火闯九州
风风火火闯九州

碧绿的瓜田啊碧浪翻滚
大大的太阳　红红的太阳
红红的太阳
照亮绿油油的瓜田
照亮绿油油的瓜田
一滴汗水
一颗晶莹的露珠
一滴汗水
一地闪烁的星光
点亮庄户人的信念
点亮庄户人的信念
我们跟着太阳走
我们跟着太阳走
甜甜的蜜瓜　红红的太阳
甜甜的蜜瓜　红红的太阳

蜜瓜的花儿开了
蜜瓜的花儿开了
蜜蜂儿嗡嗡蝴蝶儿翩翩
蜜蜂儿嗡嗡蝴蝶儿翩翩
忙碌的瓜农
把致富的梦种在大地上
忙碌的瓜农
把致富的梦种在大地上
红红的太阳　甜甜的太阳
甜透了大地的心扉

甜透了大地的心扉

民勤的蜜瓜熟了

民勤的蜜瓜熟了

蜜瓜的香　飘遍五湖四海

蜜瓜的香　飘遍五湖四海

民勤的蜜瓜甜甜的蜜瓜

甜甜的蜜瓜

甜透中华儿女的心窝

甜甜的蜜瓜

甜透中华儿女的心窝

"铁姑娘"队
——开在沙漠的红柳花

是谁在腾格里沙漠

点燃一把火

足足映红了半个世纪

一九六九年

一个严寒的冬天

十几个

扎辫子的小姑娘

吹响

向沙漠进军的号角

粮食……粮食……

饥饿……

撕咬着岁月的神经

从此

"铁姑娘队"这个名字

走向全国

走进一代人的心中
深深
深深嵌入腾格里沙漠绿洲
烙刻在共和国的历史

水波只轻轻晃了一下
时光
就跳过半个世纪
在那些最苦涩的日子里
一群扎辫子的小姑娘
抱成一个坚强不屈的拳头
擂响时代战鼓
向沙漠进军　向荒滩要粮
十四岁的女孩
十六岁的队长
几辆架子车几把老镢头
筚路蓝缕　披荆斩棘
听着英雄故事
唱着革命歌曲
开荒种地打井栽树
堵风口挡风沙
一腔热血
在沙漠点燃一团烈火
映红巴丹吉林
映红腾格里沙漠的天空

二〇二一年九月二十八日
那些风流云散的岁月
四面八方
汇成一片灿烂的花海
半个世纪　梦萦魂牵
纸上得来终觉浅

泉山镇高台子上的大礼堂
我们真真切切交谈
范凌花　何金玉　王爱荣
腾格里沙漠夜空的星光
石羊河汤汤流淌的水波
放映一个时代的历史画面
一个人一段历史
一个人一篓故事
你们挥洒金色青春
把时代的纤绳
深深
深深扣进稚嫩的臂膀
惊天地泣鬼神
唱响一曲英雄壮歌
在茫茫风沙中
铸造百折不挠的精神丰碑
在苦难的日子
为我们伟大祖国奠基

岁月吹走了风沙
吹不走
你印在沙漠的青春容颜
理想　信仰……
精神　薪火相传
你欣喜的激荡的目光呵
抚过绿洲大地
这儿是金黄的茴香
那儿是飘香的蜜瓜
红红的红辣椒
点燃一轮红彤彤的太阳
青春奉献　夕阳无限
你用一张深情的温暖的手掌

抚摸岁月
抚摸家乡的山山水水
这儿是红崖山水库
那儿是花棒簇拥的龙王庙
这儿是民勤防沙治沙展览馆
那儿是老虎口
十万梭梭高高举起的手臂
这儿是红柳园公社
团结大队的"铁姑娘"队
党不会忘记　祖国不会忘记
人民不会忘记
你们是永远的"铁姑娘"
你们是沙漠永不凋谢的红柳花

北山：遗弃的五托井

五托井
被北山遗弃了
再也
找不到回家的归途
西北风
吹过一年又一年
那些
石头做的地窝子
那些
羊粪板垒起的圈
以及锅台上
残留的煤油小灯
全都

珍藏进我的心中

我不知道
五托井的确切方位
我无心
在一个牧人的引导下
前行
我想从这一座山
到那一座山
把这些曾经拦挡
石羊河水的北山走遍
五托井一定是
偎在某一个山坳
这个牧人珍爱过的地方
让我耗费多少周折
让我心魂无所归依

一年又一年
我寻找
渺邈的五托井
在北山的白云里
我穿过
红艳艳的大山
我穿过水做的峡谷
像盲牛
漫无边际奔走
我希望
在孤独的小羊房
找到一个牧人
哪怕
一只狗一眼井
可是迎接我的

是茕茕孑立的沙枣树

我又一次走过
那个长满香蒿的大滩
我想找到
那年到达的蒙人的家
那些
站在山岗上凌厉的风
头顶尖锐犄角的山羊
是这里的主人
几只胆小的芦花鸡
依门依间
踟蹰在土墙的一隅

后来我才知道
五托井
不在我的想象当中
这个神仙栖居在
西硝池东北的沙坳和石山中
我一生的心愿
是一次又一次寻找
寻找在水一方的伊人
我不停地寻找
你看
青土湖的芦苇都白了头
在风中簌簌作响
等待一个爱她的人
从风尘中归来
从风尘中归来……

红沙岗

民勤
有一个地方叫红沙岗
在巴丹吉林和腾格里沙漠
没有树
云被太阳蒸散
没有水
只有尖刺和骆驼
鹰在高空中盘旋
风从旷野上飙过
这亘古未醒的戈壁
这亿万斯年的荒野
如今
铁塔撑破云天
高楼点亮星空
一群人走来
一群开拓者
从荒寒的大漠走来
把你沉酣的睡美人
面纱轻轻撩去
机器隆隆
凯歌高扬
向大地深处掘进
掘出的是火
是飞升的火焰
这蕴蓄亿万年的热情
像核堆一样裂变

这来自地底的热量

定然爆出

一个崭新的工业园区

红沙岗

红艳艳的面孔

藏着黑黝黝的胸怀

藏着的是火

是火

你以巨大的包蕴

牵住探索者的目光

你以强劲的膂力

牵来一条铁路

牵来

民勤凤骞龙翔的时代

当那些乌黑闪亮的宝贝

睁开惺忪的睡眼

瞩目这个世界

民勤就可扬眉吐气地说

看　我们有了工业

这是上帝赐予的精灵

红沙岗

这个曾经沉睡的地方

这个曾经寂寞的荒原

注定会有千年的燃烧

红沙岗

这个很少有人知道的地方

一万次重复

你的名字

就镀上迷人的光彩

红沙岗的风和光

红沙岗那些俏皮的风
旋转的翅膀
沿着细细的电线奔跑
红沙岗那些灿烂的阳光
穿上黑色的马夹
在广袤的戈壁滩上跳舞

红沙岗是红沙堆起的岗
心中燃烧炽烈的火焰
山岗上的风
万马奔腾
山岗上的阳光
金线一样缝进我们的生活

红沙岗的风
在细细的电线上奔跑
红沙岗的阳光
在广袤的戈壁滩上跳舞
春天挥动金色的臂膀
夏日点燃闪烁的星光

红沙岗的煤

红沙岗的煤
在红沙岗的地底下沉睡
是谁
一镐敲在你的额头
是谁
一根火苗
点燃你炽热的心肠
红沙岗的煤
像天上火红红的太阳
在红沙岗的旷野上燃烧

红沙岗站起来

红沙岗哟　我的红沙岗
你一觉十万八千年
也许你睡得太沉太沉
太久太久
红沙岗哟　我的红沙岗
荒凉旷野
太阳从你睫毛上走过
大漠高天
月亮从你眼瞳中走过
过往的风无家可归

星星点灯鬼放火

云是种在天上的花朵

山是长在地上的蘑菇

红沙岗哟　我的红沙岗

你不能这样地荒天老

你不能这样长睡不醒

你睡醒了吗

我的大地我的红沙岗呵

你睁开了眼

我的大地我的红沙岗哟

你凝视大地一片荒蛮

你耸耸筋骨

站起来

你以红色山岗的姿态

站起来

把目光投向高远

你地下的煤炭你山中的石头

你空中的风你天上的阳光

向我奔驰

这就是红沙岗哟

一条铁路驶进你的怀抱

这就是红沙岗哟

一片高楼点亮寥落星空

我看见公路在驰骋

我看见山峦在驰骋

我看见风扇的叶片

驱长风万里凌空飞翔

我看见美妙的阳光

在光伏板上跳舞

在大电网中奔跑

我看见鲁莽的黑煤

炽烈的胸怀

喷射烈火的光焰

我看见巨大的铁嘴

咬碎大漠石头

铁的精粉钛的精粉

在神州太空遨游

这些年

我栽下的树苗正在萌芽

这些年

我播下的种子正在开花

我看见一条巨龙的飘带

掣长风远去

把我的西天映红

这就是我的红沙岗

这就是我的红沙岗

从旷野上站起来

这就是我的工业园区

这就是我的工业园区

从沙漠中站起来

站立在中国西部

从一片红色山岗上站起来

捞起一把居延海的涟漪

如果不是你

我也无法驾一叶扁舟

捞起

一把居延海的涟漪
有鹿的地方也有芦苇
四十三平方公里的海
是巴丹吉林一面妆镜
是祁连山
一滴冰清玉洁的眼泪
黑河
在戈壁滩上走走停停
走过狼心山
走成一瓢弱水三千
我知道你在等我
和那些沙漠里的胡杨林
等我
等了三千年
还有
那些娉娉婷婷的芦苇
那些盘旋在水面的海鸥
望不到天边的水
像望不到边际的沙漠
给人一个大胆的想象
我多想捞起
一把居延海的涟漪带走
带不走的是金色的沙
是风
是草原上洁白的羔羊
是神树一般梦幻的胡杨林

如果不是你
我也不会跟一个"匈奴"
在策克口岸
谈论
那些关于漠南漠北的事

边界的风一点也不凌厉
那些
驰骋草原的高头大马
那些
跋涉沙漠的紫峰骆驼
那些永不疲惫的老牛大车
满载你来我往的货物
不知何时
蹚出一条通衢大道
乌兰巴托有多远
我的小老乡一口告诉我
向北一千五百公里
那些
关于封狼居胥的事
那些关于苏武牧羊的事
都一一搁置在中蒙边界
我多想
放归"最后一个匈奴"
呜…… 呜呜……
夜风中那一声狼啸
让人格外留恋
曾经失去的那一片草原

我一直
在两大沙漠之间徘徊
我的民勤我的腾格里
我的金色的额济纳
长满梧桐长满金色的梦想
这一走就是八百公里
跨过雅布赖大山
跨过浩瀚的巴丹吉林
我寻找多年前

居延海边那一只梅花鹿
如果不是你
不是上帝给我一些暗示
如果不是前世的一个约定
我也不会穿越千里沙漠
我不会拜倒在
千年胡杨的石榴裙下
你说
你等了我整整三千年
我说
我想了你几世几劫
前世的一个约定
才让我们在巴丹吉林邂逅

大漠里崛起的连古城

一、历史渊源

是长长的连城还是巍巍古城
苍苍茫茫的大地
写下波光潋滟的汉唐雄风
我的连城啊我的古城
曾经筑起一道金色的长城
是谁
是谁把我的绿洲失守
岁月沧桑
沧桑岁月
明朝在石羊河畔屯军
金戈铁马
铁马金戈

军来屯守　民来开垦

人越来越多　水越来越少

人地与水如切如磋

风沙与水如琢如磨

水走了　沙生起叛逆的心肠

曾经的泽国水乡

变成无边无际的荒漠

二、决战黄沙

我的连城啊我的古城

在风雨中飘摇

一叶扁舟

我的连城啊我的古城

在风沙中掩埋

秦砖汉瓦

无计划樵采无计划放牧

植被退化　土地风蚀

风沙啊撵着乡亲的脚后跟

四处奔波　四处奔波

我的民勤啊我的绿洲

在风雨中飘摇　在风雨中飘摇

新中国成立

第一次打响决战黄沙保卫战

第一个建立民勤防沙治沙实验站

建立石羊河机械化国营林场

建立三角城林场

插风墙　设沙障　封育柴湾

步步为营　层层设防

还记得

一九九三年"五·五"风暴

天昏地暗

还记得

二〇一〇年"四·二四"老黑风

心有余悸

挡不住的风　挡不住的沙

在我的绿洲我的村庄肆意猖狂

三、保护监管

二〇〇二年

一个特殊的年份

一个我们永远记住的年份

民勤连古城保护区正式成立

连古城

肩负起神圣的历史使命

保护荒漠天然植被

保护珍稀濒危野生动植物

阻挡

巴丹吉林腾格里两大沙漠合拢

保卫绿洲生态安全

二十年栉风沐雨艰辛跋涉

二十年披星戴月汗洒戈壁

围栏封育　防控管护

从红崖山水库到青土湖畔

从风沙流窜的老虎口到沙丘连绵的龙王庙

从白云袅袅的莱菔山到甘蒙边界的小青山

风被围在里面　沙被围在里面

风和沙在灌木和草的绿荫下憩息

巡逻车上的小红旗在风沙中飘扬

迷彩服上的红袖章在炎炎烈日下闪耀

走过干涸的西大河走过突兀的鄂博林

走过霸王绵刺的故乡

我们是一片云巡视沙漠戈壁

我们是滑翔的鹰俯瞰旷野苍茫

我们安装保护区野外视频监控设备

我们健全野外巡护视频监控系统

开展林业有害生物防治

侦办林政违法案件

实施"两区一网"安全管控

四、成效斐然

这里是

纵横600万亩国家级自然保护区

这里是

生长200多种荒漠野生植物保护区

这里是

栖息180多种陆生野生动物保护区

这里是

享有全国造林绿化先进集体美誉的保护区

成片的霸王群落花香袭人

几十万亩毛条林风姿绰约

花季的驼绒藜像沙漠里洁白的羔羊

阿尔泰狗娃花姹紫嫣红色彩缤纷

荒漠精灵——鹅喉羚

从绿色苔原上驰过

在清凌凌的海子

映照它们描唇画眉的模样

夕阳中的沙漠

悠然飘过一团赤狐的火焰

金雕像一道黑色闪电掠过云端

流淌的绿色在沙漠里流淌

绿色的流淌在戈壁上氤氲

连古城

筑起河西走廊绿色天然屏障

花花草草编织的彩色璎珞

戴在

腾格里和巴丹吉林沙漠的胸膛

连古城下

芦苇摇曳　麦浪飘香

连古城下

蜜瓜碧绿　茴香金黄

这就是我们的金山

这就是我们的银山

我们要像

对待生命一样对待生态环境

我们要像

保护眼睛一样保护生态环境

五、瞻望未来

生态治理没有完成时

生态保护永远在路上

制度保障　科学管控

确保民勤不成为第二个罗布泊

连古城

风沙线上挺立的绿色长城

连古城

西北重要的生态安全屏障

创建荒漠化国家级示范保护区

打造全省标准化公益林管护区

任重道远

士不可以不弘毅

我们已经打好肩上的背包

我们已经振起我们奋飞的翅膀

守护绿色家园

连古城是沙漠中挺拔的十万梭梭

守护生态安全

连古城是戈壁上坚守的紫色霸王

民勤——中国蜜瓜之乡

巍巍祁连山呵
伸出一根绿色的藤
浩浩汤汤的石羊河呵
把神秘的巴丹吉林
和腾格里沙漠一分为二
藤蔓上呵开出一朵花
花儿上结了一个甜甜的瓜
两大沙漠托起的地方
就是我的民勤
我的民勤
——中国蜜瓜之乡

民勤是沙井文化的发祥地
民勤
是匈奴人曾经的牧马场
大漠孤烟直　长河落日圆
民勤
大汉朝苏武牧羊的地方

民勤是一个甜甜的瓜
夏日里我把太阳的光芒收藏
静谧的夜晚
我把月亮缠缠绵绵的相思送给你
我是巴丹吉林
我是
腾格里沙漠托起的绿色太阳

民勤

有亚洲最大的沙漠水库

红崖山有著名的红崖隐豹

莱菔仙云　莱菔山呵　白云袅袅

莱菔就是来佛　千祥云集

苏武山有苏武放牧过的羔羊

民勤

——中国著名的肉羊之乡

沙漠里有海子

海子是上帝的眼睛

沙漠里有海子

海子是王母娘娘的妆镜

甜爽的蜜瓜在哪里

甜爽的蜜瓜

在白亭海边的沙漠里

甜爽的蜜瓜在哪里

甜爽的蜜瓜

在青土湖摇曳的芦苇荡里

甜爽的蜜瓜在哪里

甜爽的蜜瓜

藏在腾格里沙漠的太阳里

民勤——中国蜜瓜之乡

银蒂　玉妃　沙蜜宝　郁金香

一百零八个品种　一百单八将

白兰瓜　黄河蜜　四海飘香

蜜瓜的瓜香

在沙漠的天边上弥漫

蜜瓜的瓜香

在白生生的云朵上缭绕

民勤蜜瓜　万里飘香
民勤蜜瓜　誉满中华
民勤——中国蜜瓜之乡
请您到我民勤来
请您到我民勤来
民勤　中国蜜瓜之乡

牧人的驼羊　牧人的梦

谁说我家没有羊
我的羊三百只一个群
谁说我家没有骆驼
我放牧
连绵起伏的山峰
有的羊正在吃草
有的羊缓缓下山坡
有的羊在泉边上饮水
有的羊正在咀嚼
有的羊悠悠地动着耳朵
有的羊闭上眼假寐
骆驼吃饱了草
屁股抵在了白刺墩上
这样它们才放心舒畅

牧人跟在羊群后
头戴一顶草做的斗笠
披一件青色袄
驮一捆风干的山桃根
牧人眼里

满山满洼长遍了青青草
红莎　珍珠　铁僵
蒺黎麻　毛儿油　牛尾巴蒿
牧人抛过一个石子
纠正了一下头羊的方向
牧人轻轻挥一挥臂
咩咩的羊群就上了圈房

大大的太阳
像红红的火球儿
一堆一堆落到山那边
月亮爬上东面的沙丘
星星跟眼睛一样开始说话
牧人做了个甜蜜的梦
梦见蝗虫化成鱼
梦见蛇变成了鹰
蝗虫化鱼
注定来年雨多草场丰茂
蛇变老鹰
预示家庭和乐人丁兴旺

南湖：花海算得了什么

我以为南茅山和北茅山
是南湖镇高高耸立的大门
那些颀长的茅
是传说中的酥油草嘛
像多情的少妇
在沙地上倾诉自己的心思

翻过
苏武山的那个驴尾巴梁
就一脚踏进南湖
哦　三千多平方公里
足以游目骋怀　极视听之娱
南湖……
头枕浑圆的阿拉骨山
鬼井子　一汪游走的神泉
南湖　怀抱妩媚的青山
张参谋的护乡亭一往情深
一片带雨的云朵倏忽往来
守护着我的青山小湖
牧羊人的高瓦赛两轮摩托
一溜烟从草尖上飘过
绵软的沙丘
托起晨曦中圆圆的太阳
月光　含情脉脉
她梦见
自己变成一条金色的鱼
迎亲的马队
驮着葱俊的新娘朝草原走来
走进花海中徜徉的楼房

其实　花算得了什么
一夜之间就开遍邓马营湖
万寿菊
把四周的碱柴一一收割
在一阵风中笑不可抑
荡漾开来的酒窝儿
像喝醉了酒的西天的云霞
"好男人"品花
一口气品出几十个品种

说什么一串红　太阳花　竹节草
在南湖镇的初心广场
我想起悠然见南山的陶渊明
我想起
东篱把酒暗香盈袖的李清照
七十载惊涛拍岸
九万里风鹏正举
我陶醉在南湖镇的一片花海中
趁着这无边的大漠风光
举杯邀明月　花间一壶酒

花算得了什么
那些翩翩飞翔的蝴蝶花
还有"覆地被"
赤橙黄绿
像挂在天边的虹彩
可这哪比得上
当年开花当年结果的蟠桃
十里桃花十里春风
怎及得大唐汪伦送我情
天上碧桃和露种
日边红杏倚云栽
我的青鸟呵　千里殷勤
你可去
请来西天的王母娘娘
花神
在广大无边的南湖仙袂翩跹
花神齐聚在南湖大地
你看　这不是嘛
夹岗井　马莲井　甘草井
南井子……
西井村

在天边上画了一个大大的圈
那边是淙淙流淌的洪水河
哦
我望见祁连山白雪皑皑
那边是麻山湖　那边是冰草湖
那一年
还是南湖走马驰骋的驿站
鄂博海子
失去往日的碧波清涟
芦苇丛中的鸟
在我心中飞来飞去
那些
我日日夜夜寻找的伊人

看见了吧
那些望不到边际的碱柴
是南湖生生不息的主人
还有摇曳多姿的芨芨
那边的汤家海子
是嫦娥的妆镜遗落在人间
一方盐池风流数千百年
蒙古人来去如风的骆驼
曾经迷失过方向
黄草湖　茶叶子井　甜锁阳坑
是我潜滋暗长的思念
像月光
在居延海的水波上跳荡
老黄呵　一去千里
我多么
怀念那一晚南湖镇的月光
走过头道湖就是半个山
南湖

那是你不可逾越的边界
今天我来了
我多想
我是一团沙米墩墩
偎在你绵绵沙坡幽幽沙坳
在茅山的山巅上
我多想
做一簇攀岩而上的麻黄
用我
花椒一样麻辣辣的眼睛
守望我的南湖
我想
我应该是一株直愣愣的沙杆
坚强地挺立在无边的腾格里
把花开成海洋
可是
在南湖　花又算得了什么
夕阳中　沙漠的海子边
有一群黄羊从青青的青苔驰过

呢喃的春天

呢喃的春天
张开翅膀
从屋檐下飞过
她说了些什么
云就飘逸起来

呢喃的春天

张开翅膀
从柳梢上拂过
她说了些什么
水就荡漾起来

呢喃的春天
张开翅膀
从田野上走过
她说了些什么
草就摇曳起来

呢喃的春天
张开翅膀
从花丛中穿过
她说了些什么
心就神往起来

苹果羞红了脸

鸟儿把黎明叫醒
又用她的轻歌
送太阳入睡

阳光
给花儿涂脂抹粉
风一吹她们全都笑了

春风里
我没有读懂你的心思

那些秘密
只有蜜蜂才能知道

秋天
该来的都来了
树叶轻轻招了招的手
苹果的脸就羞红了

请你到我民勤来

红红的红辣椒
写出
流光溢彩的节日
金色的苞米棒
是秋天
皇冠上的缨穗
腾格里的太阳
从苏武山袅袅升起
请你到我民勤来

是谁　手持节杖
放牧朵朵白云
石羊河畔的埙声
吹起
金色麦浪滚滚而来
柳林湖
铺天盖地的茴香
是庄户人甜蜜的梦乡
请你到我民勤来

收成乡的蜜瓜
堆成高高的金字塔
跟天上的星星对话
夜深人静
躬耕一年的庄稼汉
把他们的日子
精心编织
一百多个品种
一百单八将
玉妃　西州蜜　金皇后
请你到我民勤来

梭梭　锁阳　苁蓉花
沙米　沙葱　沙蜜宝
沙漠
珍藏数不清的日精月华
红崖山的水鸟
衔来　碧波春草
青土湖的芦苇
映红大漠朝霞
巴丹吉林的红沙窝
怀抱着上帝赐予的海子
腾格里的白骆驼
驮着故乡的绿洲行走
请你到我民勤来

秋天里我来过沙漠

秋天里我来过沙漠
这里是我的家
是我的家
把红旗插向高高的沙丘
点燃沙漠的红柳
绿色的风在骨头里穿行

秋天里我来过沙漠
腾格里和巴丹吉林
天上的云朵认识我
连绵的沙丘认识我
我举起十万铁锹
我来了
我来了

秋天里我来过沙漠
我来了
我来了
种下一片金色的麦秸
种下一个金黄的信念

春天里我来了
我来了
把一株幼苗安置在沙漠
秋天里我来了
在一个沙坳

我向一株小草致敬
是你唤回一声鸟语
是你遏住一片云翳
是你守一座沙丘
不让黄沙到处乱跑

秋天里我来了
我仰躺在你温软的怀抱
轻轻抚摸
用手掌抚过绵绵沙丘
我指缝间滑过重重绿色

秋天里我来了
把铁锹高高举过头顶
春风中我来了
把指头深深插进黄沙

秋天里我来了
小草小树牵着我的裙幅
我做了一个梦
沙丘连绵绿水迤逦
青青原野
有一群黄羊从沙地驰过

秋天里我来了
这里是我的家
是我的家
年复一年
我们把绿色叠加
沙漠就成了我美丽的家

秋 叶

是春风灵巧的手指
剪裁出细细的蛾眉
吮吸大地的乳汁
把绿油油的青春
铺衬在青色的果底
像褓褓裹着婴孩
似花朵捧着红蕊
以母亲的执着和博爱
把稚嫩的果实送进秋天
细细金风
醉红了你的酡颜
簌簌挥手
是数不清的留恋
向丰腴的秋天
招手告别
飘洒一地金黄
没有离别的伤感
飒飒秋声
不是哭泣
是掷地有声的宣告
庄严地证明你的存在
为了秆的茁壮
化作春泥
长成一道新的年轮

新生的日光温室

沙漠是盛产阳光的地方
我的家
在腾格里和巴丹吉林
太阳从我们头顶上走过
沙漠的冬日
风打着旋儿
把微薄的太阳卷走
我们不知道收集阳光
制造效益
太阳从天空白白溜走

祖祖辈辈
固守千年的传统
走不出干旱缺水的困惑
注一缕阳光
把思想的坚冰消融
金色的光芒
金色的珠宝
把庄稼圈进温室
把冬日装进大棚
让每一寸阳光孳生繁衍
科技在这里荟萃
品种在这里孕育

干旱是民勤绿洲的伤痛
节水是生态农业的核心

曾经
我们超采了多少地下水
曾经
我们放弃了多少光和热
是谁给我们开出药方
是谁给我们优惠政策
鼓励农民搭建日光温室
把庄户人冬闲荒芜的日子
长成绿意葱茏的温室
牵着季节的手
把麻将桌掀翻
不要在冬天的日子醉眼蒙眬
给种子安一个温暖的家
在充满阳光的地方
潇潇洒洒生长
一米多长的黄瓜
虬枝盘曲的龙椒
《西游记》里的人参果
西王母的献寿桃
风风火火催生一个新思想
光光亮亮崛起一个新产业

一座温室一个存折
一座温室一座绿色银行
籽瓜
曾经炒得如火如荼
棉花
已经汇成金山银海
为了节水增收
今天
我们要像生个婴孩一样
搭建日光温室

把大棚当成自家的宝宝
精心喂养
万紫千红春安排
太阳引领我们
奔向金光闪闪的现代农业

沙海绿洲　风光民勤

我的腾格里哟
我的巴丹吉林
沙漠里有迷人的海子
沙海绿洲　风光民勤

我的祁连山哟
我的石羊河
沙漠里有金色的太阳
沙海绿洲　风光民勤

我的红崖山哟
我的青土湖
沙漠里有飘香的蜜瓜
沙海绿洲　风光民勤

我的腾格里哟
我的长生天
沙漠里有甜蜜的人参果
沙海绿洲　风光民勤

我的苏武山哟

我的沙井文化
沙漠里有洁白的羔羊
沙海绿洲　风光民勤

我的莱菔山哟
我的红沙岗
沙漠里有飞翔的阳光
沙海绿洲　风光民勤

沙漠里的女人

沙漠里的女人
像沙漠里的一阵风
骑着高瓦赛摩托
一溜烟
翻过几座沙丘
沙漠的女人很热情
像沙漠里的太阳

沙漠里的女人
是沙漠里几百头牛
几百只羊
你看那一方
嫩芽芽的苜蓿
是女人的绿头巾
女人是
沙漠里一眼水井

沙漠里的女人

是沙漠里的白杨树
高高的树杈上
有几窠结实的鹊巢
一只看家护院的狗
一个小刺窝
就是温温馨馨的家

一株小草的呼唤

我是
腾格里沙漠的一株小草
我张开
我焦渴的冒烟的嘴巴
我翘盼
一片云一缕清爽的风
一滴雨
一片野云
一片彩色的云
从天的那边飘来
又飘走
该去的地方未去
不该去的地方肆意滂沱
云　大多数时候
沤成
一场扯天卷地的黑风暴

小鸟在枯梢的树枝上啼叫
小虫在萎黄的草丛中呻吟
叫哑了嗓子

只叫来
一片野云一阵风狂
风从沙漠刮过
刮走
乡村袅袅娜娜的炊烟
风从哪儿来
风从天边上来
天边上的那一片野云
飘然而来翩然而去
我是沙漠的一株小草
我踮起
我伶仃的脚尖儿翘盼
我盼来的是风
是旋天卷地的纸屑挟带尘沙

我是
腾格里沙漠的一只小鸟
在清晨的曦光里啼叫
在黄昏的草昧里喑呜
我不信
我叫不来一缕风清
燠热的沙漠
总该有一丝儿改变
天上
总该有劈雳的惊雷炸响
闪电
总该抽出凌厉的宝剑
云霭低垂　白雨如珠
这才是清清爽爽的风
这才是淅淅沥沥的雨
驱走石羊河畔的焦躁
驱走

腾格里沙漠的郁闷
这才是真真切切的清风
这才是淋淋漓漓的甘霖

石羊河畔的金秋

我要为你放歌
吐金纳玉的秋天
你献给大地丰腴的胸膛
是赤橙黄绿的收割
像漂亮的乡村少妇
燃烧热烈的火焰
天边上映出绯红的霞光
鸟儿饱鼓鼓的叫声
珠圆玉翠
麦场上堆满金色的山丘
把庄稼人的欢快
挂向高高的树梢
女人欢喜的目光
跟夜空闪烁的星星对话
老农的一袋旱烟
牵出悠长悠长的岁月
装不下
泛金流彩的秋天
从农家的粮囤溢出
院子里
摞起高高的方垛
把喜乐的心情
装上大大的卡车

把一沓沓醉心的微笑
揣进饱饱的衣兜

太阳点燃的蜜瓜之乡

是谁点燃了浩瀚沙漠
是腾格里的太阳
是巴丹吉林的月亮
是柳林湖夜空的星光

是谁
给了我珠穆朗玛的高度
民勤　中国蜜瓜之乡
是谁甜透了我的岁月
是谁甜透了沙漠的心窝
民勤　中国蜜瓜之乡

祁连山雪峰皑皑
石羊河波浪滔滔
谁给了我甜甜蜜蜜的瓜香
是腾格里沙漠的太阳
巴丹吉林沙漠的月亮
是柳林湖闪闪烁烁的星光

我站在高高的沙丘上
仰望浩瀚星光
那些浪花一样的珍珠
那些碧翠的蜜瓜金美郎
是乡村的炊烟飘飘袅袅

沙漠里白云朵朵
那是苏武放牧的羔羊
山巅上的芨芨草
在风中
招摇悠长悠长的臂膀
黑山积雪　红崖隐豹
我站在枪杆岭上瞭望

五月的沙枣花开了
红柳　燃烧满天霞光
七月的麦浪一浪高过一浪
让我收获金黄金黄的太阳

天空中一轮甜甜的太阳
那是我家乡的黄河蜜瓜
那是我家乡的玉衣佳人
今夜我家的窗前
走过一轮缠缠绵绵的月亮

腾格里沙漠的红头巾

腾格里沙漠的女人
在巴丹吉林栽了些梭梭
干河墩的沙子
治住了
你看那金色的梧桐林
是当年
那些红头巾的女人

你看天边上那一抹红霞
是腾格里的女人
裹着一方火红的头巾

沙漠里女人摆开战场
就一辈子也不松手
红头巾
催开青土湖畔的苁蓉花
阿拉骨山的沙丘
种下一片"绿色中国梦"
如今
又爱上"沙漠里的鱼"
爱上风沙中的四方墩

一方红头巾
沙漠里一面飘扬的旗帜
挡住春天飞扬的沙子
挡住夏日
火烧火燎的太阳
一片麦秸哟
织一张金色的大网
红头巾坚定地
站在风沙弥漫的方格里
紧紧
紧紧握住
那株坚韧不拔的梭梭

听听那窗外的鸟鸣

窗外的鸟
把一棵树炒成芝麻
密密匝匝的声音
歌唱着春天的故事
还议论国家大事
三月还未结束
北方的花还未闹成一团

远处的那一只
拉长声调
一声……一声……声嘶力竭
也有的喈喈……喈喈……
不紧不慢
有的喈……喈……喈……
铿铿锵锵地伐木
路过沙漠的云
丢下
一滴两滴欢快的雨点

也不知
柳丝儿在风中的情状
或许
做一个鹅黄的梦
小草
急不可耐拱出泥土
昆虫的蝉翼不时轻撩

似乎
要掀开我卧室的书页

我想起雅布赖的九棵树
那些童话似的木屋
那一片
高大的金黄色的沙丘
以及那些黑甲虫
沙娃娃……
都在
春天的舞台上尽情歌唱

土地新生之歌
——写给土地三十年延包

新翻的土地平平展展
舒舒畅畅晒着太阳
面对高旷辽远的蓝天
把延包的政策想了又想
曾经梦想风和云的自由自在
曾经期待星和光的灿烂辉煌
现在真正实现
土地兴奋地呼唤
我有了三十年自己的生命

新翻的泥土平平展展
舒舒畅畅晒着太阳
昨天的历史凝成忧伤的记忆
像一片浮云曾经飘来荡去

饱受铁蹄蹂躏烽火啃啮
像一个流浪汉曾经饿荒了肚子
东颠西簸乞讨岁月
像一位匆匆过客
今天在这家门口
却不知道明天姓谁
低头掩面
接过悭吝的施舍

新翻的土地平平展展
舒舒畅畅晒着太阳
呼吸新鲜的阳光
我是土地　我自信地认为
农民将像对待自家的孩子
珍爱我
农民将像对待自家的孩子
哺育我
我有了一个响亮的名字
农民叫我命根子
新翻的土地平平展展
舒舒畅畅晒着太阳
三十年土地延包
像一颗金色的种子
把根扎进农家的心田
大地欢天喜地
今后种啥我有自己的打算
把市场掂了又掂嚼了又嚼
于是
你形成一个宏伟的构想

我是民勤人

我是民勤人
巴丹吉林和腾格里
给了我紫色的灵魂
我就只能屹立在沙漠
一如毛条和梭梭
做开路先锋
向着沙漠深处挺进

我是民勤人
古老的秦砖汉瓦
给了我虬龙般的脊梁
我的生命
注定在沙漠里燃烧
一如沙枣和红柳
矢志不渝驻守沙坳
一心一意对抗西风

我是民勤人
是骆驼的足音和铃声
播散的火种
干旱和风沙
迷失不了我的眼睛
不管沙路多远
我也会亢奋向前

我是民勤人

沙漠孵育了我的灵魂
血脉里流淌不屈的铁质
生命里沉淀苦涩的盐巴
把铁锹举过头顶
把麦秸挽成金网
沙漠就乖乖匍匐在脚下

我的民勤我的家

神秘的腾格里搁在天边上
巴丹吉林的那一片海子
无边的沙漠哟
托起我的美丽的绿洲
巍巍祁连　汤汤石羊
我是你藤蔓上开出的花朵

碧波荡漾的红崖水
是谁
酿造一杯红葡萄酒
秋水盈盈
是谁明眸善睐
蔡旗镇的枸杞染红天边
官沟村的韭黄
在致富路上奔跑
黑山村的大棚西瓜
圆溜溜的红沙瓤
甜透我甜蜜的心房

红沙岗的风　红沙岗的光

金丝银线
缝进千家万户的眼瞳
闪闪烁烁的霓虹
星星点点
青土湖的芦苇柳林湖的瓜
绿妃呵银蒂　八方飘香
金色的秋天金色的村庄
民勤蜜瓜　誉满中华

莱菔山呵
飘飘袅袅的莱菔闲云
大坝镇的沙葱畅销五湖四海
连丰村的人参果呵
咬一口甜透神州中华
东一村的桑子树在我心头滟漾
夹河镇供港蔬菜远走香港
双茨科　超大朝天椒
在天边的一抹红霞中燃烧

沙丘上挺进的梭梭林
接受一年一度的西风检阅
我想起
"沙乡缘" 苁蓉花开的基地
我想起
四方墩青春焕发的容颜
是谁栽种的梧桐林
是谁引来了金凤凰

苏武回到了古都长安
他留下的羔羊满山遍野
我的民勤呵
中国著名的肉羊之乡

风从哪儿来
从遥远的巴丹吉林吹来
水从哪儿来
从祁连山冷龙岭蜿蜒而来

太阳的光在沙漠里流淌
村庄的芳香在云端上缭绕
石羊河畔青青柳
民勤湿地公园
——候鸟栖息繁殖的天堂
沙井文明　汉唐雄风
边塞长城　屯兵垦荒
是谁金戈铁马
叫醒青土湖芦苇飘摇
是谁挥洒千年梦想
氤氲柳林湖蜜瓜万里飘香

我是民勤的女人

我是民勤的女人
我怀抱着两大沙漠
一个叫腾格里
一个叫巴丹吉林
沙漠给了我春天的风
还送我
一方红艳艳的头巾
太阳给了我
太阳一样金色的肤色
星星给了我

一双会说话的眼睛

我是民勤的女人
我爱我沙漠的家乡
腾格里的梧桐林
醉透我甜蜜的心房
巴丹吉林的红柳花
绽放我美丽的笑靥
牵着一条长长的青龙
在大风中游走
你送给我
一方艳艳的红头巾
我送给你
一条绿茵茵的绿罗裙

我是民勤娃

今夜　星汉灿烂
我用黑色的眼睛
寻找
天空中
哪一颗星星是我

我是民勤娃
腾格里的沙
喂养了我坚韧的灵魂
巴丹吉林的风
给了我飞翔的翅膀

沙窝窝盛不下
我悠长的梦想
半夜的灯火
照亮我坚毅的面庞
我想走出我的腾格里
天下也有我的一半

沙漠里留下
我清晰的脚窝儿
村庄口的沙枣树哟
妈妈给我纳过麻鞋底
石羊河的柳棵湾里
我们摸过鱼和虾

红崖山的绿水哟
在我心头滟漾
青土湖的芦苇哟
在我梦里萦绕
长大了的我
就得去闯荡天下

沙漠里留下
我童稚的脚窝儿
天边上的红云
生长红柳　梭梭和白刺
蓝蓝的天空放牧
白云朵朵

我的家乡在腾格里
我要为我的沙漠
我的家乡
降一场淋漓的甘霖

我要为我的沙漠
我的家乡
降一场淋漓的甘霖

我是你的儿子

我是腾格里孵育的雏子
大漠的风把我喂养
血脉中流淌苦涩的盐巴
生命里沉淀骆驼的足音
吃着石羊的乳汁长大
于是我有了梭梭坚硬的脊梁
于是我有了红柳燃烧的信念
把旗帜插上沙巅
把头颅昂向天外
为了绿洲的永恒
把芦笛嘹亮地吹响
向着沙漠开战
母亲呀
黄沙蚕食了你的美丽
我要为你的健康负责
因为
我是吃你的奶
长大了的你的儿子

我是沙漠的小鸟

我是一株小草
我不想借山的伟岸
增加我的高度
我只长在水泽边
开淡淡的花
散发幽幽的芳香

我是一只树上鸟
不会像云雀飞得太高
我只守住我的窠巢
在树枝间蹦跳
欢快地唱我自己的歌

我是一朵悠悠白云
有时在天空淡淡地飘
有时栖在山岩一角
高兴时我在草尖上奔跑
渴了饮一掬沙漠清泉

民勤的风沙民勤的太阳

在民勤
你分不开哪儿是风

哪儿是沙
哪儿是大大的太阳
民勤的风
跟沙缠绕在一起
民勤的沙给民勤的风
插上金色的翅膀
风经过的地方
一片金黄
我习惯了这样的沙
我习惯了这样的风
这样的风
给了我坚硬的骨骼
这样的沙
给了我金色的肌肤

一年四季
我追着我的风沙走
一年四季
我追着我的太阳走
我是一片绿色的树叶
腾格里和巴丹吉林
用粗犷的手
把我高高捧起
两大沙漠
捧起红崖山水库
捧起
一杯红艳艳的红葡萄酒
哦　我的民勤
我的民勤
追着我的石羊河奔流
是谁　是谁
把腾格里酿成一池春酒

是谁　是谁
把春夏秋冬酿成日月星辰

风是巴丹吉林的老西风
沙是腾格里的老黄沙
一年四季在风里冲
一年四季在沙里滚
这些
都是上帝的造化
这些
都是大自然的恩赐
还有一轮大大的太阳
火一样的太阳
给了我蜜瓜一样的甜腻
给了我蜜瓜一样的芬芳
月亮呵　腾格里的月亮
还有
沙漠里沙丘一样的月亮
给了我弯弯的圆圆的相思

我爱我大大的民勤
我爱我民勤的风
我爱我民勤的沙
我爱我
民勤一样大大的太阳
大大的民勤
给了我大大的风
大大的民勤
给了我金色的沙
大大的民勤
给了我红红火火的太阳
风沙追着民勤跑

追出沙漠里一片绿洲

太阳追着民勤跑

追出黄河蜜瓜的芳香

石羊河呵　我的石羊河

在我　在我心中奔流

我举起手中的酒杯

举起

我的大大的红崖山水库

向腾格里沙漠敬酒

向巴丹吉林沙漠敬酒

向大大的炽烈的太阳敬酒

向弯弯的相思的月亮敬酒

向母亲一样的村庄敬酒

向村庄一样的母亲敬酒

一只醉酒的小蜜蜂

茴香的味道

在我　梦中缭绕

我坐在云端上

挥洒

黄河蜜瓜的芳香

一只小蜜蜂

在轻风里飞

嗡嗡嘤嘤

向日葵的花盘

告诉我一个秘密

今年的瓜

在北斗的星光里
蹦蹦跳跳　行走天下

路边上的红柳花
举起
金色的酒杯
向
腾格里的太阳敬酒
向家乡的大地致敬

今天
我回到了我的故乡
月色如水　风光无边
我
陶醉在我的沙漠
陶醉在
无边无际的瓜田

我站在云端上巡航我的民勤

石羊河绵绵不绝的涛声
来自祁连山冷龙岭的冰川
水波上跳荡金色的阳光
哦！我的红崖山呵
一道弯弯的淡淡的娥眉
我的巴丹吉林的红沙窝
有一百四十四个海子
我的腾格里呵
我的沙漠　我的长生天

祖祖辈辈
我是你怀抱里匍匐的婴孩

我从祁连山的冰川上走来
我追逐我蜿蜒的石羊河
走进浩瀚的两大沙漠
沙井子的月光
照亮我跋涉的背影
红沙岗上的光伏电板
转动一千个绿色太阳
风的翅膀
在高空飞成电的模样
莱菔闲云
孕育莱菔山下的井泉河
莱菔呵就是来佛　来福……
民勤　苏武牧羊的地方
我的民勤呵
中国著名的肉羊之乡

汉武开边　设郡置县
宣威沙漠　驰誉丹青
汉墓群
点亮石羊河两岸万家灯火
长城　烽燧
是大漠驰骋的战马
沿着徐达将军兵锋指向
从山西的大槐树
一路走来
我走进我的镇番营
巩固边防
一马当先　金鞭凯奏
屯军开垦引水灌溉

遂成塞上奥区

白亭海　白亭军威震漠北
柳林湖　黄河蜜誉满中华
东湖茴香万顷碧波云外飘香
美国红辣椒点燃天边的红霞
当年孙大圣吃过的人参果
甜透腾格里的心脏
弯弯曲曲的龙椒
在民勤大地腾云驾雾
供港蔬菜一日飞到澳门香港
黑山村的红瓤子西瓜
北纬三十八度的天驭红葡萄酒
醉人心扉
十里春韭绿　一畦稻花香
石羊河那边的小乳瓜
滋养我甜蜜的生活
韭黄
百姓致富路上的"软黄金"

苏武沙漠大景区
国家4A级旅游风景区
我站在新月形的沙丘上
摇荡的芦苇
摇荡沙漠夜的星光
栖身银河　漫步苍穹
我蹚过
"七夕"喜鹊搭建的鹊桥
牛郎和织女跟我说了些什么
纤云弄巧　柔情似水
会当挽弓如满月
我跨上带羽翼的箭射向天狼

向西北方向射去

石羊河国家湿地公园
我还记得
那一片金黄的梧桐林
我记得那些曼妙的少女
招摇的沙柳
沐浴芙蓉出波的神姿仙态
中华秋沙鸭　白尾海雕
"明星"白天鹅
也算是寻常风景
长腿优雅的绅士大鸹鸟
这里是鸟的世界鸟的天堂
老虎口　四方墩　龙王庙
苏武大景区
麦草方格治沙的人间奇迹
梭梭方队在沙丘上挺进
红柳的火焰在天边上燃烧
乡村振兴如火如荼
我祝福　百姓生活越来越好
我祝福　我的祖国越来越强大
我勤劳的民勤
我伟大的民勤　我创造的民勤
我站在云端上巡航我的民勤

我最爱的还是我的民勤

走遍山山水水
我最爱的

还是我的民勤
两大沙漠一叶绿洲
还有
汤汤流淌的石羊

走遍山山水水
我最爱的
还是我的民勤
红崖山绿水逶迤
青土湖芦苇荡漾

走遍山山水水
我最爱的
还是我的民勤
梭梭林
锁住老虎口的狂啸
还有沙枣花云外飘香

走遍山山水水
我最爱的
还是我的民勤
葵花朵朵麦浪金黄
黄河蜜瓜引来八方客商

走遍山山水水
我最爱的
还是我的民勤
大西河穿过巴丹吉林
莱菔山的仙云飘飘袅袅

走遍山山水水
我最爱的

还是我的民勤
沙井文化在石羊河畔吹埙
还有苏武牧羝处
我的民勤呵
中国著名的肉羊之乡

一场不能不说的雨

雨是最好的种子
落到地上就生根了
你看
草叶上的水珠儿
把一颗一颗的太阳
装在里面
沙丘上的梭梭
兴奋得一夜没合上眼
呵　只一夜
就蹿高一大截
沙漠里起了水泡泡
来不及下渗
聚到沙丘环抱的洼地
哦　好大一场雨

沙老鼠
站在沙漠的小溪边
站立在自家门前
深深地鞠了几个躬
打了几声响亮的口哨
毛条

泛出一波一波新绿
中亚紫菀木粉红色的小花
在沙漠的小小湖畔
唧唧咕咕
笑得前仰后合
一场雨醉透大地的心扉

庄户人
焦渴了整整一年
来自四面八方的风
没有
带来一丝滋润的气息
抬头看看
那些悠悠荡荡的白云
来了又走
西天的红霞
把沙漠烧成一片火海
雨在一个漆黑的夜
悄悄
悄悄来到我的腾格里沙漠

一个人睡在沙漠

我想一个人
睡在静谧的沙漠
四周是连绵的沙丘
睡在沙坳
身旁是飘荡的芦花
有风来兮　苇叶飒飒

这里是我
多年前来过的地方

我想起
风把沙子筑成公路
笔直宽厚　绵绵长长
通向高高的沙峦
还有
那一湖清泉
映着云彩和飞鸟
芦苇在碧波里荡漾

我想一个人睡在沙漠
睡在　我曾经
滑翔过的沙丘之巅
浅浅的夜
掩不住草虫的吟唱
星光在河水中
溅起美丽的浪花
那是牛郎涉过了银河
跟织女喁喁絮语

我想一个人
睡在鸟语花香的沙漠
那里
有黄案滩十万芦苇
流水咕咕
是苍茫大地永不停息的律动
那些淡黄的温软的沙丘
一次次在我睡梦中徜徉

拥抱新一轮太阳

天已经大亮
你赶快起来吧
拥抱新一轮太阳
早晨的风
清清爽爽
请你
给过往的日子
点赞
请你拥抱
新一轮太阳

红崖山水库
泛起一道金光
青土湖呵
芦苇
在晨曦中摇漾
秋天
麦草方格金黄
春天
是梭梭的世界
沙漠
飘来苁蓉的花香
田野广袤
茴香袅袅
我家的村庄里
飘出

黄河蜜瓜的芳香

给过往的日子
点赞
给石羊河畔的来信
点赞
给春天点赞
袅袅娜娜的春天
给腾格里点赞
给民勤蜜瓜点赞
点赞的指头点石成金
点赞的指头
是金色的指头
点出
一年四季红红火火

有一种花香属于村庄

你开花的声音比梦还轻
是谁
把腾格里和巴丹吉林
酿成醉人的春酒
你走过的脚窝儿呵
脚窝儿盛满沙漠的绿色
你是
金花银叶的沙枣花

那些碱滩上的沙枣树
那些

父母一样佝偻的脊背
长满疙疙瘩瘩的树瘤
那些
守护我村庄的沙枣树
像炊烟守住我的故乡

那种香
是故乡才有的芳香
一如麦子
一如我父母的汗水
深深浸入沙地和碱滩
那是一种
最朴实最清纯的芳香
让我忘不了我的故乡

在沙漠我就是沙子

风一年又一年吹过
把我吹成沙漠
太阳一日又一日暴晒
把我晒成一片金黄
在沙漠
我是一粒快活的沙子

风把我
攒成一座一座沙丘
太阳把我
炼成一粒一粒
粗犷的汉子

怕什么风　怕什么晒
怕什么干旱　怕什么焦渴

在沙漠里
我是毛条我是梭梭
在沙漠里
我是沙地上走过的黄羊
我是嫦娥梳妆的海子
在沙漠里生长
我是沐浴太阳的沙娃娃

我是巴丹吉林摇曳的芦苇
我是腾格里
一望无际的沙蜜宝
风给我送来金色的秋天
太阳
给我送来金黄的甜蜜
沙漠
金黄的沙子给了我成熟
给了我太阳一样的肌肤

走过连古城自然保护区

连城和古城是两座城堡
连在一起叫连古城
两座城
站立在大汉王朝的门口
像雄狮守卫祖国边疆

眼前是汤汤石羊
脚下是绵绵牧场

两千年站立也许太久
河流疲惫了
湮没在腾格里和巴丹吉林
风沙无休无止
把水吞进沙漠
古城挡住了旷野铁骑
挡不住风沙凶狂

两千年岁月　岁月两千
两千年后的一声绝响
蹦出一个连古城
一个崭新的连古城保护区
一万六千平方公里的土地
树起一座绿色丰碑
——连古城国家自然保护区

那一天我与你相约
我撩开你半掩的红裙
我撩开你欢悦逗人的面纱
连古城
我穿行在连古城保护区
我和我的同伴
我和我的爱好文学的朋友
那一天
你丰满的肌肤迷人的神韵
让我陶醉
我匍匐在绿草茵茵的沙地
像顽皮的孩童

依偎在母亲美丽的怀抱

母亲
你曾经枯瘦的容颜
叫我忧郁叫我伤痛
面对你伶仃的小草
我默默流泪
母亲
我忍着撕裂的痛楚
扯开你累累伤痕的乳房
三千年三十万贪婪的嘴巴
我横下一条心肠
撤走你胸膛蠕蠕而动的牛羊
母亲呵　我是你的长子
我要还你美丽青春
我要还你青春靓丽

我穿行在保护区
蒿草幽香扑面而来
芦苇缨穗摇人心旌
十万梭梭挺风而立
登上瞭望塔　绿色浩浩荡荡
汇成茫茫苍苍的大海
我的绿洲我的民勤
用绿色宝剑
斩断两大沙漠的臂膀

我穿行在保护区
车队穿行在无垠的大海
金色沙堡是白刺编织的草帽
一摊黄蒿一摊金黄

一片红砂一片艳红
沙米墩墩满身刺
羊奶弯角角遍坑坑扎
大地十月
十月大地
呈现赤橙黄绿的风姿

一千公里围栏导引我们向前
高高的智能塔高高飞翔的眼睛
守望绿色植被
我走过大大的连城
我走过苍老的古城
我走过汉唐沙横的三角城
我走过金色覆盖的十月大地
我走过
连古城国家自然保护区
我和我的朋友
我和我爱好文学的朋友
走过植被摇曳的大海
走过连古城国家自然保护区

走过梭梭林的红狐

是红狐
迷失了方向吗
能不能
找到回家的归途
这样大的沙漠

芳草萋萋
梭梭已经成林
穿上了绿色的新装

这是谁家的沙漠
是腾格里
还是巴丹吉林
是干河墩
还是长沙窝
你举起
一面火红的旗帜
插向沙丘
绿色像绿色的风
染遍亘古不变的沙漠

走过沙地的红狐
走进
伏羲的先天八卦
这只
童话里的狐仙
在《诗经》里见过
在俗语俚言里见过
红狐是上帝的造化嘛
南山崔崔　雄狐绥绥

梭梭林中走过的红狐
是骚狐狸
还是狐狸精
是狡猾的狐狸
还是千年狐仙
这样多姿多彩的称谓

是赞美还是嫉妒
说什么狐媚偏能惑主
是谁用如戟的檄文
讨伐千古不朽的女皇

悠悠红狐
在沙地上徘徊
阳光
编织梭梭林迷离的黄昏
雄狐绥绥
是忘记了回家的路
还是惦念蒹葭中
那一位红裙花袄的伊人

走下去吧

走下去吧
不要学黄鹤之高飞
在冬天的日子
把脚伸向贫困
用你的牵挂
给那些苦涩的灵魂
永不泯灭的慰藉

走下去吧
不要像流星划过天际
不要像一阵旋风
讲着无人听懂的鬼话

脚踩着泥土
走过大地走过一段泥泞

走下去吧
不要学蜻蜓之点水
不要学杨花之曼舞
迷迷糊糊癫狂

当春风拂过大地
你脚踩进泥土
长出顶天立地的形象
开出姹紫嫣红的芳菲

第四辑 我在天上种星星

DiSiJi

放风筝的小女孩
在河滩上欢叫
溅起一朵一朵浪花
风筝儿
越过一片桃林
在银河里飞……
风筝儿 风筝儿
请你
摘一颗星星给我

2023：元元民勤三日游

元元一岁四个月
只一步
就从黄河边上的兰州
跨入腾格里沙漠

游一游民勤生态公园
看见苏武牧羊
看见沙漠
看见昂首挺胸的骆驼
和千年不朽的胡杨

登上
《民勤赋》高高的亭台
余音袅袅　余音袅袅
敲了敲生态公园的警世钟

大成至圣先师
明清两代进士
站立在苏山书院的广场上
恭候我家的元元宝宝

民勤县实验幼儿园
你走过民族民俗风情园
摸了摸老虎的屁股
揪了揪狮子的耳朵

看见蹦蹦跳跳的袋鼠
你会心地笑了
走过千里"河西走廊"
走过长长的"丝绸之路"

看了看小猪佩奇
白雪公主和七个小矮人
"花果山"洞天福地
"荷露亭"杨柳掩映
你童趣的目光
盈满绿水逶迤的喜悦

元元捡起一枚柳叶
像捡起
天边上弯弯的娥眉
一缕风
在一缕俏寒中
放飞
飘飘袅袅的心绪

苏武大景区
漠上花开　蓝天白云
荡一荡
宋词里纤手凝香的秋千
荡一路笑语欢声
驿站　驿路梨花
你走过
芦花飘飘的沙漠驿站

元元喜欢
遗落在沙漠中的麦秸
喜欢

榆木做的老牛大车
沙漠里枯槁的沙枣树
能否追上
来去如风的汽车

国际沙漠雕塑
倾颓了的沙雕标志
没有抵住
悠悠岁月的侵蚀
元元
牵着爸爸妈妈的手
巡视
大漠雄鹰高飞的风光

县城的花灯
比起往年迥然不同
火树银花　羽衣霓裳
分明是
天上的星河落入人间
蛾儿雪香黄金缕
笑语盈盈暗香去
风箫声动　玉壶光转
一夜鱼龙舞……

走过一段沙井文明
走过
水光潋滟的白亭海
走过
秋水伊人的柳林湖
来佛路祥光云集
收成乡的蜜瓜万里飘香
东湖镇的茴香一片金黄

蹒蹒跚跚的元元

走过

妈妈的高中民勤一中

走过宽阔的崇文路

走入

欣欣向荣的水木清华

我在天上种星星

幼儿是学飞的小鸟

飞出

爷爷奶奶

编织的金丝小笼

妈妈的手

只轻轻一松

孩子

像风筝飞向春天

嫩嫩的蓝

把白白的云摸了一把

小鸟

叽叽喳喳的小鸟

是天空最美的花朵

那只漂亮的手

把种子

托在掌心

泥土

在春风中期待已久

饱满的种子

走进田野

欢快的鱼儿

游进大海

一粒一粒的水

渗进泥土

把一颗一颗的星星

种在天上

我是一只小鸟

我是飞翔的蒲公英

打捞星光的乡里乡亲

你把晶莹的汗珠

种在泥土里

腾格里沙漠的太阳

为你做证

你把一个圆圆的梦

种在泥土里

乡村弯弯的月亮

为你做证

碧绿的瓜田

一片碧绿的大海

圆溜溜的蜜瓜

金色的圆溜溜的太阳

勤劳一生小蜜蜂呀

催开

袅袅娜娜的喇叭花
馋嘴的刺猬呵
驮走醉人的瓜香

那些
金发碧眼的玉妃
那些
翠绿娉婷的银蒂
是沙漠里
走出的窈窕女郎

如火如荼的七月
秋风乍起的八月
我的神秘的腾格里沙漠
我的迷人的柳林湖
辛劳一生的乡里乡亲
在银河
打捞闪闪烁烁的星光

读书的驳论

为这事
我举了许多例子
我说
读书是给汽车加油
你说那就换个电奔子吧
我说
读书是给手电充电
你愤愤地不跟我说话

我不断地举例子
我说
读书是给一个人
插上飞翔的翅膀
你说高空里风大目眩
我说
读书是一个人
永不凋落的美颜
你说
涂鸦也照样光华四射

一个人怎样才能唤醒
我说读书是
天底下最快乐的活动
你说一见那个黑头虫
浑身瘙痒
我说读书是最好的旅行
你说
我宁可在家里独守电视

我说
读书是把鱼儿放入大海
你说从小最怕的是水
我说
读书是给心灵一片蓝天
你说从未想过天上的事
我说打开一本书
就打开
夜空闪闪烁烁的天光

落霞与孤鹜齐飞

秋水共长天一色
都说
书中自有颜如玉
都说
子孙虽愚经书不可不读
你说
多识一个字多生一个蛆

读书收获的快乐

这一生
我最大的乐趣
也许就是读书
这一生
我最大的收获
也许就是读书
这一生
我最好的伴侣
也许就是读书
书给了我
难以言表的快乐

读书的时候
我周游我向往的世界
读书的时候
我穿越时光的古今
我沿着
我的银河的边缘
行走十万八千光年

我到达
我不能到达的地方
我听闻
我闻所未闻的新闻
书给了我
难以言表的快乐

我交往的
是那些高明的人
那些古往今来的人
那些地北天南的人
那些冰清玉洁的人
盘古开天　诺亚方舟
我看见
我看见我的三山五岳
我看见
五彩斑斓的神话
我看见佛光
我看见
宇宙灿烂无比的星光
读书给我的是快乐
我收获
我收获的是四方上下
我收获
我收获的是古往今来

读书做什么

如果我们是汽车
读书是给自己修一条路

如果我们是飞机
读书是给自己拓一片天

如果我们是小鸟
读书是给自己飞翔的翅膀

如果我们是河流
读书是一座源头活水的大山

如果我们是荒塬
读书是点缀大地的春草

如果我们是大树
读书是一树碧绿花红

如果我们是黑夜
读书是点亮天空的星光

放风筝的小女孩

放风筝的女孩
手握
一缕柳丝儿
你看
那些春天的花蝴蝶
翩翩　在草丛中飞
蓝蓝的天
飘着白白的云

风筝儿越放越高
小女孩一声儿尖叫
风筝
我的风筝
挂在了太阳上
别急……别急……
我叫
我的嫦娥姐姐来取

风筝儿挂在太阳上
放风筝的女孩
扯紧了手中的柳丝
你看　那些
叽叽喳喳的小鸟
在云端上飞……

放风筝的小女孩

在河滩上欢叫
溅起一朵一朵浪花
风筝儿
越过一片桃林
在银河里飞……
风筝儿　风筝儿
请你
摘一颗星星给我

给元元起个名字

我的家
住在元通大桥北岸
打开窗户
五泉山皋兰山扑面而来
黄河向东流去
"元元"
在娘胎里就叫开了名
《易经》曰"元亨利贞"
元者　始也大也
我喜欢
这个元角分的"元"字
元元
出生前就叫了几个月
在亲昵的呼唤中
蹦蹦跳跳向我们走来

元元姓徐　"明"字排行
叫徐明一吧

这独一无二的大名
昔之得一者
天得一以清地得一以宁
神得一以灵谷得一以盈
万物得一以生
王侯得一为天下正
我喜欢
平平正正的"一"
我喜欢
"一"字一样的高铁
我喜欢
"一"字一样的高速公路

"一"是个通达的字眼
"一"是个最小的整数
一画开天
搞懂了"一"
就搞懂了天地万物
"一"是上帝的造化
"一"
是马牙雪山高耸的山峰
"一"
是抓喜秀龙草原的神赐
天祝给了我一座山
金城给了我一条河
让我
明明白白守中抱一
我不喜欢
涂鸦式的花花草草

元便是一　一便是元
一离不开元　元离不开一

元中有一　一中有元
一和元手牵着手
元元
请你带上
天赐的礼物行走世界
自己给自己
铺一条金光大道
我喜欢一
一就是元　元就是一
一元复始万象更新

弓

举起一弯新月
剪下一段彩虹
把太阳做弹子
将每一日射向最远

关于家谱的那些事

一个家族
像一座大山一条大河
我用大半生时光
也没弄清你的来龙去脉
一条被截断的河流
在两大沙漠淹没了走向

众多支流从哪儿来
我的祁连山我的冷龙岭
我没有到达过
你阳光和冰川交融的地方

沙井子的月光
一定留下我祖先的影子
石羊河畔
星罗棋布的汉墓群
点亮石羊河滔滔不绝的水波
这是　谁家的十万灯火
惊破匈奴人的迷梦
是谁在河西走廊高奏凯歌
一道星光划过沙漠夜空
一条大河
沿着大明朝的方向流淌

我打了一个盹
我忘记了
我从哪儿来又往哪儿去
只记得
那棵高大的大槐树
咯吱咯吱
把天磨了个大窟窿
只记得树上有个老鸹窝
我没有
记住树的长相和年轮
我没有
记住你步履仓皇的走向
懵懵懂懂　我背扎的双手
来到我的镇番营
临河卫镇番卫镇番县相延递传

这个叫民勤的地方
腾格里和巴丹吉林沙漠的风
吹散蒙古人的大元王朝
潴野泽走了
我沿着河流的走向
沿着起伏的山峦筑起长城和烽燧
我四处寻找我祖先走过的脚印

沈氏家谱在一场大火中焚毁
都说　铁匠四爷疯了
言之凿凿
一个家族的命脉突然中断流向
我沿着时光的河流打捞
上溯几千个年轮
沿波溯源　寻根问祖
都说　五百年前是一家
我没有找到沈氏家族的踪迹
在沙漠里行走
疲惫的脚印
早就被风舔食得一干二净

遍检《镇番遗事历鉴》
遍检
《柳湖墩谱识暇抄》中所有户族
我没有找到"沈"姓的影子
为什么
我的祖先在柳林湖安家
中国蜜瓜之乡
是我世代居住的村庄
站在枪杆岭的山巅向南眺望
哦……
那个富可敌国的沈万三

吴兴……沈园沈亭……

郁郁乎周室的记载

我溯着时光搜寻

哪儿才是沈氏起程的地方

乡村的人越来越少

村庄的老人越来越老

还有一些在时光的河流中漂走

寻寻觅觅

我没有到"沈"氏走过的踪迹

我是一条河流

我不知道我的源头在哪儿

我是一条河流

我不知道我的终点在哪儿

我是龙的传人

走着走着　我的钥匙就丢了

我打不开一个家族的密码

我在旷野上奔跑

流浪的心无所归依

我能否找到靠岸的港湾

我沿着石羊河的时光回溯

我叩问苍苍茫茫的大地

叩问我的腾格里沙漠

你看见了我的祖先了吗

那些风雨中零落的

已经枯黄发霉的家谱

我希望把你重新找回

家谱　一个家族流淌的血脉

我不能让我的孩子

找不到眺望故乡的方向

孩子的心声

妈妈
你把我囚在屋子里
把我搂在怀抱
不经阳光不经风雨
我只是一朵花一片云
我真担心有时我会凋落

老师
你别把我装在书包里
把我关在书本
黑板是我的荧屏
教室是我的世界
没有大海没有波澜
我也许永远是井底的蛙

窗外是媚人的阳光
旷野是疾驰的风雨
我小鸟的心肠
一样
眷恋蓝天白云的世界
振一振麻痹的翅膀
我愿做一只翱翔的雄鹰

温室里长不成参天大树
操场里练不出驰骋的战马
我娇嫩的花朵

一样渴望风雨

冰天雪域

守一座山岗

我愿做山上的一株青松

回望找不回来的青春

我醉卧在

醉卧在碧绿碧绿的草地

湛蓝湛蓝的天空

白云悠悠

白生生的云朵呵

飘过我的村庄

飘过一望无际的麦田

村旁哗啦啦

哗啦啦的小河呵

那一棵

那一棵曾经摇曳的小树

已经结满

已经结满老鸹的窠巢

走过的路

被时光彻底封存

再也

无法回到原来的起点

正如

越来越多的白发

再也找不回

黑发翩翩的少年

我不断
不断向前走去
我只能不断向前走去
回归的路
回归的路已经封闭

记住 2016 年 3 月 21 日
——女儿悦上班的日子

这一天你上班了
还是
那一弯月儿
深情地挂在柳梢上
挂在蔚蓝的天空
清凌凌的黄河水呵
流过元通大桥
流过兰州万家灯火

一弯沙漠的月儿
一个民勤的孩子
一脚踏进黄河之滨
2016 年 3 月 21 日
我做了
一个蹦蹦跶跶的梦
一个懵懵懂懂的女孩
一个
荆楚大地走来的学生
在重庆津江边绕了一圈
在兰州落地生根

黄河的水汤汤流淌
闪闪烁烁的星光
一眨眼就过去六年
特警支队训练
你膝盖受伤
一把火把你淬成一朵警花
演讲比赛巡回报告
激情荡起青春飞扬的岁月
从警的路有苦也有甜
你梦中　飘过
一抹芳香　一抹芳香

你收获的是一轮太阳
圆圆的元元的元通
3月21日
是一个最喜庆的日子
9月3日
是一个最美好的日子
生活又升起
一轮火红红的太阳
轻轻走过的日日月月
轻轻
抚摸你飘飘袅袅的长发

今夜我想一个人睡在沙漠

这是浩渺的腾格里沙漠
我的民勤

有大海一样缠绵的沙子
这里是摘星小镇
我想在这里睡一个夜晚
头枕青青茅山
落日余霞洒在天边上
月儿
弯弯的月儿是嫦娥的蚕眉
沙坳含情脉脉的芦苇
是我一生找寻的伊人

今夜
我想一个人睡在沙漠
和金色沙子拥抱的雕塑
我站在沙丘上
看沙漠夜空星河
那是我仰望已久的北斗
请你从天池
挹一瓢沙枣花酿制的美酒
我想邀李白一起对饮
最好有瘦诗人李长吉作陪
东篱把酒黄昏后
登东皋以长啸的陶渊明来了
和羞走
却把青梅嗅的李清照来了
而我可爱的东坡先生
在家僮鼾声中凌波化仙而去

头枕我的阿拉骨
我怀抱着我妩媚的青山
我的九个湖和汤家海子
《诗经》里的硕人
巧笑倩兮　美目盼兮

山有木兮木有枝
心悦君兮君不知
我的腾格里我的巴丹吉林
你给了我金色的黄沙
给了我太阳一样的容颜
绿草放牧着白云
袅袅歌声在我梦中缠绕
今夜
我想一个人睡在沙漠
听牛郎和织女说了些什么

那一刻叫三月二十九日
—— 女儿悦结婚有感

你站在祁连山最高的地方
向这边眺望
哦 看见红崖滟滟的水波
看见腾格里婀娜的柳林

冷龙岭的阳光呵
一滴一滴汇成欢唱的小溪
药水神泉
滋润了白牦牛绿茵茵的尾巴
我是
石羊河飘逸的黄河蜜瓜的芳香

你是青青草地上一匹骏马
驮着抓喜秀龙的群峰驰骋
我是青土湖的月光哟

把十万芦苇
妆成巴丹吉林最美的风景

前世的修炼
才有今世今生的姻缘
一万年能有多久
我要你日月经天江河行地

你是天上的太阳
我是月夜里阵阵松涛
凤凰于飞　翙翙其羽
梧梧生矣　于彼朝阳

山高水长　天作之合
前方的路一定很远很远
曲曲折折
群山　芳甸　湍流　花林
我是水
我拥抱一片大海一轮月亮

能不能善待自己的眼睛

你给了我明亮
可我却给了你近视
大大的眼睛
看不清一寸方圆的地方
你给我的光亮
我又原封不动地退还

我找不到我失明的原因
这不应归咎我的父母
爹娘把最美的给了我
让我看世界纷飞
眼睛是黑夜闪烁的星光
把寒冷和恐怖驱散

父母给了我明亮的双眼
我用它数遍天上的星星
把一个又一个重复的汉字
种进渴望的心田
像太阳点亮我黯淡的思想
因为读书
我失去了明亮的双眼

我没有理由不爱我的眼睛
可是
美丽的世界等着我
四书五经等着我
生命中流淌的时光等着我
春天的花红蝶舞等着我
我不知道
我能不能善待我的眼睛

您轻轻地走了
——写给伯父的诗

这是我的眼泪吗
在黑夜里悄然滚落
您倚在东窗的床栏上

跟我们说话
这是您最后保持的姿势
敛棺那天
我没有瞻仰您的遗容
我想保留一个优美的音容
在我的世界里

大伯走的那一年
他八十四岁
在农村
这个数字很美
七十三、八十四
是古圣先贤的代称
我觉得
您还倚在东窗的床栏上
跟我们说话

那一天
我去了村上的林场
还是
我小时候那个样子
只是少了些树木
没有从前那样蓊郁繁茂
风含着花草的幽香
沙地上掘开一方土穴
我蓦然想起
古人说过的窀穸
这个地方
是您最后的长眠
您再也不会醒来

您是轻轻地走了

没有惊得我心魂飞散
像夕阳慢慢沉落
落到山的那边
您身后还是那个村庄
一畦碧绿的瓜田
一片麦浪的金黄
还有一群洁白的云
在草地上觅食

今夜
我眼角滚落的泪珠
肯定是天空陨落的流星
深深刺痛大地的心房
这也许
是我对您一生的记忆

飘失的春天

四月的杏花
于黑夜
悄然打好骨朵
春风一吹
雪的香瓣开满枝头
可我不知道
在春风吹拂的日子
打好蓓蕾
等候柳丝轻撩
开出喧喧闹闹的春天
我不知道

花的媚眼

一嗅到春的气息

就昼夜兼程

趁人困酣

以伶俐的手脚

攀上枝头

我不知道

南方映红的水

北方洁白的云

交织成灿烂的日子

急忙登高远眺

春从何处来

春往何处去

寻不出一踪半迹

只见渐渐消瘦的春天

由绿转红

结满

一串串酡红的笑靥

秋天熟了

我赶忙

拎着篮子去采摘

不料收获的

是面黄饥馑的日子

七夕：在织女家喝一杯酒

秋天与夏日的博弈

是我与时光博弈

是一场阴与阳的博弈

谁也没有战胜谁
谁也没有输给谁
时光　时光悄悄轮回
坐在地球上
坐在最大的飞船上
跟着太阳绕银河旋转
这一刻
不知下一刻的位置
在茫茫宇宙中驰骋

秋天与夏日的较量
是水与火的较量
云跟着风奔跑
几场雨
季节在燠热中拐弯
太阳开始回归
金黄的麦子兴高采烈
昂首挺胸
走进庄稼人的粮仓
那些
橙黄橘绿的心事
在季节交变中加快脚步
秋天呵
又一次走近我的生活

我渴望古老的七夕
我坐在最大的飞船上
跟着我的太阳奔跑
哦
一个个闪亮的星座
从我眼前晃过
在广袤的宇宙驰骋

哦　那不是比邻星吗
还有北斗和天狼
哦……　哦……
我看见了牛郎和织女
你可邀我
邀我
喝一杯你家的杏花酒
请上我的嫦娥姐姐
还有李白　苏轼　李清照
我坐在地球上巡航我的宇宙

秋天马上就来
踩着炎炎夏日的肩膀
向着我丰腴的秋天走来
像渴望春天一样
我渴望金风送爽的秋天
燃烧的夏日
在黄河蜜瓜的芳香中
渐行渐远
春天是风　夏日是火
那些
姹紫嫣红风姿绰约的花
各自寻找各自的方向
秋天……秋天……
在这个秋天的边缘上
织女呵……七夕
让我
在你家喝一杯杏花美酒
权消去这夏日炎炎的暑溽

生命是三万六千个太阳

我的生命
是三万六千个太阳
叠在一起
我的生命
是三万六千个月亮
从空中走过
我自信我的生命中
有火火红红的太阳
我自信
我的生命中
有心心念念的月亮
我是三万六千个太阳
叠在一起
我是三万六千个月亮
从空中走过

我的生命
写在
红红火火的太阳里
我的生命
藏在
心心念念的月亮里
三万六千个太阳
把我拥抱
三万六千个月亮
把我念想

不管是乌飞兔走

不管是风雨晴晦

我不怕

我生命中

有三万六千个太阳

我生命中

有三万六千个月亮

生命中的二十四节气

我编织了密密的网

也没有拦住

你匆匆行走的脚步

又一次跨进小雪的季节

又一年

像儿时冲锋玩耍的风车

又一年

跟随秋风落叶奔走

清明的茄子立夏的瓜

小满的萝卜娃娃大

让季节拐一个弯多难

一条线直愣愣射出

是谁

没有把手中的日子攥紧

不经意

让一个季节飞走

过往的时光到哪儿去追

把季节拆开重新组装
二十四节气七十二个物候
东风解冻　鱼陟负冰
花儿你慢慢儿开
鸟儿你慢慢地飞
一个节奏
一个节奏向前走
钟表上
我最喜欢一动不动的时针
喳　喳　喳……
秒针的催促叫人心惊肉跳
一刀一刀
裁落橙黄橘绿的日子

我喜欢河边上祭鱼的水獭
我喜欢
春天飞来的小燕子
我喜欢
柳丝缠缠绵绵轻撩的日子
踩着二十四节的琴弦行走
苦菜枝繁叶茂
半夏　夏半而生
鹰乃学习　腐草为萤
花发鸟飞的世界
我追着
蹦蹦跶跶的蝴蝶飞舞

谁留得住黄花秋草
挈一瓶西凤美酒
邀五柳先生易安居士
饮于东篱　暗香盈袖
李白来了李贺来了

贺知章来了苏东坡来了
未及落尽的树叶
引来雪花飘飘洒洒
冬天
把该交代的做了交代
把该收藏的已经收藏
雉入大水为蜃　虹藏不见
虎始交　麋解角
勤劳的喜鹊开始筑巢
迎接春天翩翩而来的新娘
我把我的生命
交付给二十四个节气
交付给
天上最亮的那一颗星星

书是少妇的绿色罗裙

书是一片彩云
从碧蓝的天空走过

书是淡淡的月
在幽幽的水波微漾

书是夏日高柳密叶
一声一声蝉鸣

书是一阵雨后
晶莹的露珠在荷叶上打滚

书是幽径芳草
是少妇绿色的罗裙

书是一条淙淙流淌的小溪
唱着叮叮咚咚的歌谣

书是银河的星星
点亮我懵懵懂懂的心灯

四月的最后一天

如果你爱我
就给我
递一张窄窄的纸条
四月的花
漫过五月的肩头
别让
季节的火往心里烧
是柳丝
你就
扭一扭婀娜的腰肢
是鸟
你就放开婉转的歌喉
春水流过的腾格里
毕竟
是四月的日子
你用不着羞羞答答
立在春天的枝头
欲开不开……

像太阳
给我一些冬日的和煦
像月亮
把一些无寐的相思酝酿
留给
春天的日子已经不多
你别躲在密叶底下
抿着嘴笑
把你的心思
交给春风传递
交给蜂蝶
交给吵吵闹闹的山雀
四月的花
犹犹豫豫没有开尽
五月的太阳一定暴烈燃烧
跟着季节的脚步行走
我收获
我收获的
也许是翩翩落叶
在这四月将尽的日子
让我把一些
相思种子埋进你的泥土

天祝亲家的年夜饭

浪花欢腾的金强河
傍着
马牙雪山山脚流淌

辽阔的抓喜秀龙草原
有一只雏鹰
滑过蓝蓝的蓝天
年味儿氤氲春的气息
女亲家的年夜饭
像赛什斯盛开的格桑花

一桌精巧典雅的菜肴
仿佛
穿越唐诗宋词的境界
那一道"花开富贵"
是谁家的拿手好戏
红艳艳的西红柿
胜过大唐洛阳的牡丹花
那一条"红尾银鲤"
向春天祝福年年有余

这关不住的"春色满园"
碧绿绿的黄瓜卷儿
托起火红红的朝天椒
"猪耳丝"
偕一抹蒜泥伴香菜美人
西兰花缀成
一棵金枝玉叶的"发财树"
春天呵给我的
是春回大地的心愿

东风夜放花千树
红烧茄子拥抱白牦牛肉
做一枚精巧的金色"荷包"
蛾儿雪柳　张灯结彩
一尾龙虾一只小小羔羊

日本豆腐加两颗芦花鸡蛋
美其名曰"蒸蒸日上"
舅舅说也可以叫"福禧满堂"

紫薯　绿白菜　嫣红的高粱
赤橙黄绿青蓝紫
"元元宝宝"
两手抓两只穿花袄的水饺
奶奶殷殷笑语：
"饺子发财　年年有余"
猪手手紧拉着猪手手
那一方玉足来自凤鸣书院
凤凰于飞　翙翙其羽

我家的帅哥女婿娃
敬上天祝醇香的青稞酒
殷勤彩袖捧玉钟
我高高举起
格桑花盛开的雪山草原
祝孙娃元元
雏鹰一样飞翔蓝蓝的蓝天
祝孙娃元元
草原驰骋的英雄格萨尔王

头枕嫦娥的臂膀入梦

床上铺满柔情的月光
夜夜
我头枕着我嫦娥妹妹

白皙粉嫩的臂膀入梦

那些《诗经》里的妹子
巧笑倩兮　美目盼兮
在汤汤流淌的大河边
等我
芦苇的身姿在霞光中
妆成娉娉婷婷的新娘

最远的才是最近
恋恋　我是轻风中柳丝
我是
春天里灼灼红桃
傍依在乡村的一面短墙
抑或
流落人迹罕至的深山

夜夜走进我心的
是袅袅娜娜的红嫒
是西山里的莱菔仙云
还有阿拉骨山
翩翩起舞的紫色蝴蝶
以及
甘蒙边界妩媚羞涩的青山

仰望星空……
哪一颗才是多情的织女
哪一颗才是永恒的北斗
我甘愿化一滴露珠儿
在银河里
我甘愿做一朵奔腾的浪花
让生命在星空中斗转

流成一条爱恋的大河

我的青春我做主
——女儿悦长江大学诵读

我从北方来
挟着腾格里和巴丹吉林
粗犷的风

我从北方来
我有着高原一样的气质
我有着沙漠一样的豪爽
我的血管里奔腾着黄河
我的眼瞳里飘摇着芦花
我的精神贮满胡杨和红柳
我顽强我坚韧
我有大西北的磅礴大气
从高中的门槛跨过
我眺望南方
像大雁一样南飞
越过黄河
跨过长江
我把我新的起点
划定在长江大学

长大是我青春生长的地方
长大是我青春做主的地方
我的青春我做主
站在长大的跑道上
生命激荡万里长江的浪花

不管千难万险崇山巨谷

抑或浅草平滩

我流淌　我奔跑

向着一个目标

向着心中的崇高目标

向前奔跑……

向前奔跑……

我的青春我做主

青春是花的使者

青春是生命的启航

从这里登程

是一次愉悦的旅行

穿行在青山绿水

从这里登程

是一次艰难的跋涉

有欢歌也有眼泪

汗水在脊背里流

乱石在脚底下滚

我不畏惧我不停步

像长江　我将奔腾不息

劈开高山

冲出峡谷

潜行在森林草莽

流过无际的平原

大海

大海

那才是我的家

我的归宿

目标已经设定

青春就要奋斗
只有打拼才会出彩
我的青春我做主
花一样的年龄
花一样的青春
抓住抓住
抓住花一样的美丽
抓住抓住
抓住光芒四射的年华
用阳光哺育
用汗水浇铸
让岁月灿烂叫青春无悔

长大是我今生
再一次长大的摇篮
让我像长江的水
在你的大地尽情流淌
叫青春长大让岁月无悔

长大
我来了
偎在你美丽温润的怀抱
我的青春我做主
我要用我的努力
写出青春璀璨
我会用我的勤奋
浇铸青春骄傲

长大
我来了
我从北方来
在你的怀抱

再次起飞
长大长大
长大是我的荣光
我要为你造一个光荣

我的青春我做主
在这里我插上劲坚的翅膀
在辽阔的天宇翱翔
我的青春我做主
在这里我插上劲坚的翅膀
在辽阔的天宇翱翔

我的头发全白了

我早就知道
我的头发白了
先是
一根两根
我心里一阵惊悸
留它做什么
像芟刈稗草一样
删除……

挡不住的白发
攀上额头
渐渐走向头的中央
我放弃
一根根芟除的念头
我明白

天地　万物之旅逆
光阴　百代之过客

我不会
拔光我头顶的白发
沙鸥也不会
脱尽全身的羽毛
理发师傅百般劝说
我也没有
染黑我的一根白发
去寻找
神仙世界的虚妄

时光　记录在
一根一根的白发里
一根一根的白发
是我生命中
一颗一颗闪亮的星星
我终于明白
霜一样的白发
是银河咕咕流淌的星光

我的中国我的梦
——长江大学沈悦朗诵

我的梦让我来做
我的梦就是中国梦
中国梦就是我的梦
我是中国

中国是我
让我的梦与中国梦
叠成美丽的图画
与祖国同行

中国　悠久的中国
昌盛的中国
伟大的中国
给了我们生命
给了我们自豪
给了我们荣光的中国呵
可爱的中国
腾飞的中国
你有辽阔的疆域
你有远古的历史
你有汉唐鼎盛的威仪
也有晚清衰败的屈辱
历史
是一条弯弯曲曲的河流
风风雨雨坎坎坷坷
让我的心在沉浮中翻腾
改革开放
鹍鹏展翅九万里
科学发展
国运昌盛万万年

我的梦来自四面八方
长江　黄河　长城
还有悠悠的丝绸之路
我的梦来自四面八方
沙漠　戈壁　草原
还有巍峨的雪山林海

我的梦在哪里

我的梦在我的激动里涌流

我的梦在哪里

我的梦在我的胸膛里燃烧

我的梦在哪里

我的梦在我的血管里奔跑

我的梦就是中国梦

是咆哮汹涌的黄河

是一泻千里的长江

是巍峨高耸的泰山

我的梦是万里长风

我的梦是万马奔腾

我的梦就是你的梦

我的梦就是中国梦

我的梦就是我的梦

我的梦在长江

我的梦在长大

我的梦藏在我的书页里

我的梦写在我的天空中

我是意气风发的大学生

长江呵

我要在你的怀抱里试航

长大呵

我要在你的校园里练翅

我是工程师

我要造出金光大道万里通达

我是科学家

我要造出宇宙飞船追逐太阳

我是你长江大学的学子

我奋发图强

我要做一个梦
做一个属于自己的梦
让我们从这美丽的地方起飞
我要做一个梦
做一个属于中国的梦
让我的梦跟你的梦叠在一起
我的梦就是你的梦
你的梦就是我的梦
我们都有一个美丽的梦
这个梦
就是中华民族伟大复兴
这个梦
就是中华民族繁荣富强
这个梦就是我的中国梦

我多想站在窗口眺望

我多想站在窗口向外眺望
向辽远的天空望去
那些华彩的羽裳
那些雪峰似的云堆
我多想
向遥远的腾格里巴丹吉林望去
我望见
大风中多姿多彩的芦苇
站在微风吹拂的窗口
向心中向往的地方望去
我站在窗口凝望
可是我哪有时间呵

谁　才能给我一些时光啊

我的时光被幽禁在书的海洋
这些年
我的眼睛在无边无际的书页里游走
那些险峻的高山那些幽美的峰壑
那些看不完的拐枣和花棒似的风景
我的眼睛像一张陈年的老犁铧
在这片黄土高原
在祖先耕耘了几千年的土地上
我的眼睛被磨成一圈一圈的镜片

我多想站在窗口的阳光里
向远方眺望
这边是我的腾格里我的青土湖
那边是巴丹吉林一百多个海子
沙漠里藏着神奇藏着诱人的湖泊
我沿着湮灭了的大西河溯行
哦　那是成吉思汗的甲帐
那是古老的汉墓群和铁青的砖窑
那些
匈奴的牧鞭月氏的沙井文明呵
掠过苍苍茫茫的时光
我用我的眼睛尽力向远方望去

我看见伏羲
看见了周文王的六十四卦
那些天上的星辰那些地上的山峦
以及负着河图的龙马
我看见老子倒骑青牛紫气袅袅
孔子伫立河边　叹息逝者如水
《诗经》里的画面从我眼角飘过

我不敢抬起头来
望一望窗外
望一望夜空的月圆
我多想去旷野舒展我久被羁绊的心灵
我多想叩问每一颗星
找回我失去的每一缕时光

我给眼睛放个假

多少年来
我的眼睛一直坐牢
像金丝鸟
关在金丝鸟笼
我的目光
在无边无际的书页
泅渡……
我仔细打量
一个又一个黑色的字
像打量
黑夜里天上的星星
三星在天
我读懂了时光流淌
北斗指航
我读懂了人生方向
驾一叶扁舟
在书的茫茫大海
我采撷
一缕西天的红霞
仰望银汉

那些汹涌澎湃的浪花
我不知道
它们流淌到什么地方

为了寻找天上的星座
我数遍
夜空闪烁的星光
我的眼睛
一年四季在书页里泅渡
女娲补天时
我在石羊河畔捡拾芦柴
伏羲暝坐在八卦台上
我帮他
寻找神神秘秘的乾坤阴阳
我游走在《诗经》的国风里
恍兮惚兮　寂兮寥兮
我看见紫气东来
看见
神龙见尾不见首的老子
隐入八百里流沙
连尼河边的菩提树下
我见过
悟道成佛的释迦牟尼
还有那个
摩登伽女诱走的阿难小弟

我没有
看过我家的天花板
我没有听过
繁枝密叶叽叽喳喳的鸟鸣
我没有做过庄周一样
蝴蝶蹁跹的迷梦

我分不清我流淌的时光
我多想
给我的眼睛放一个假
只用一天的时光
追逐鸟飞花放的世界
苏武山上
不知疲惫的野鸽墩
依然坚守在原来的位置
腾格里汪汪一碧的蒙泉
妩媚多姿的小青山
还没有走出沙漠的重围
南方的稻草人
高擎梭梭拐枣的熊熊火炬
冲向尖尖的沙丘
摘星小镇
老桑葚
跟虚拟的冥王星合影留念

告别沙漠的海市蜃楼
我依依不舍
沙坳里风姿绰约的伊人
穿越快乐的时光廊道
那是
我心中矗立的阿拉骨山
是掌科井的小羊房
还有
隐在芦苇丛中的驿路梨花
校长的家属
沉浸在梦中的七彩丹霞
讲几个关于女人的故事吧
且打破路途悠长的郁闷
重兴剁辣鱼头八方飘香

红崖山的水细浪粼粼
牵着我蹒跚的脚步
在水边上走了很远很远
沙浪边的小乌龟探头探脑
拍摄婚纱照的新娘
想把红崖山的水波和桃花岛
一起搬走
坐在黑山头的观豹亭
我指点江山
巴丹吉林和腾格里沙漠
今天　我且放飞
书页里泅渡一生的目光

我妹妹家的新楼房

心的快乐是一生最大的快乐
自有巢氏把家安在树杈上
一辈又一辈祖先
像勤劳的蜜蜂和聪明的喜鹊
没完没了编织自己的新家

上楼的序幕
从姐夫两瓶五粮春徐徐拉开
岁月把我洗成一杯淡淡的水
把酒交给小外甥主持
闪亮登场的帅哥过于真诚
教导主任的拳术响当当硬邦邦
是那种久经考验的成熟
妹夫在一旁不敢接招

生活的淬砺给他越来越多的持重

妹妹家的新楼房挺气派
是那种中西合璧的双层公寓
二百多个平方米宽敞明亮
大气典雅的风格耳目一新
楼顶的平台像个大大的足球场
我喜欢伫立在平台上仰望蓝天
南来北往的云朵千姿百态
四面八方的风吹乱我的头发
四面八方的香盈满我的衣袖
这是给儿子预设的新婚房嘛
妹妹是个刚强的人
一如我倔强一生的母亲
把一切都打理得井然有序

妹妹家的楼房在张掖市滨河新区
在丝绸之路千里河西走廊
妹妹的楼房头枕合黎山皑皑雪峰
千里祁连挂在你家窗前
千里松涛千里明月挂在你家窗前
肃南裕固族大草原挂在你家窗前
五光十色的七彩丹霞挂在你家窗前
湿地公园的湖泊是你窗前的壁画
芦苇摇醉了淡淡水波
飞鸟在天边驮着霞光归巢
你窗前的壁画　画中有画
高铁在你家的壁画中蜿蜒
动车在你家的壁画中驰骋
汤汤黑河水在你家壁画中流淌
你家的楼房是你窗前壁画的点缀

面对妹妹家的新楼房

我想起我的瓜田麦浪的故乡

我想起我家村头弯弯的沙枣树

想起母亲炊烟袅袅悠长悠长的招手

父亲的自行车驮着我

走过我的风光无限的童年

那些给了我生命的人

那些从我生命中走过的亲情

像石羊河微漾的浪花

像黑河滩摇曳的芦苇

像松风掠过的祁连山的涛声

在妹妹家的新楼房我一夜未眠

我数着天上的星光一直数到天明

我把那些

过往的日子梳成一条一条的辫子

我是青青袅袅的抱娘草

母亲

我只能在您的坟头

添一捧新土

我只能在您的墓地

栽上毛条和梭梭

沙枣树不易成活

可这些

是您一生的钟爱

至于山高水长的松柏

那不过是一种设想

我把我的眼泪洒在沙地

让她们茁壮生长

清明时节
母亲的墓地
长满了青青蒿草
那些抱娘草呵
是思念您的儿子的化身
您生前
我总觉着您很坚强
我没有亲亲热热
握过您的手
也没有给您洗过一次头
捶过一次背
也没有替您修去脚上
岁月碾出的胼胝
我只能跪在您的坟前
献上时鲜的水果和酒浆
我再也不能
当面叫您一声母亲

可是
那一次
我还在千里之外
您轰然倒下
我穿过腾格里
泪水湿透了整个沙漠
我一头扑进您的怀抱
我想让您
我的母亲看我最后一眼
我想让您
我的母亲最后一次
叫一声我的名字

母亲
静静地睡在坟墓里
我双膝跪地
绕着坟头转圈
可是
任我泪眼婆娑
再也无法唤醒
我的母亲
让她亲亲切切
叫我一声儿子

墓地上
长满了青青蒿草
那些抱娘草呵
是您的儿跪在您的膝下
母亲呵
您用您一生的辛劳
给了我智慧
给了我健壮
我要用我的泪水
浇灌您墓地青青
鸟语花香
母亲　您可看见
那些青青的抱娘草
是您的儿子
一生一世一守护

西山里那些事儿

西山里
最令人陶醉的
是云
一簇沙葱
头顶一朵白云
漫山遍野的云朵
觅食
沙地紫色的小花

九月
艳艳的红柳沟
长满
白生生的故事
那些
云朵一样飘逸的
裙幅
一把伞一顶篦笠
蠢蠢欲动

是谁
在大漠一枕梦寐
遇见了仙人
是谁
在白石头疙瘩
看见
天上发光的金礤子

一条宽广的大道
从黑山窖穿堂而过
你为什么
弃下一枚金色的令牌

锅山　犁铧沟　马莲泉
那些藏在山里的神灵
一次又一次
撞进
我缠缠绵绵的梦魂
那一方牧羊的红头巾
风里雨里
深深镌在西山的石岗上

西山里的故事
是西山飘游的白云
朝为行云暮为行雨
水嘴子　红圈台
我沿着
转场的狗的吠声
一路追奔
西山白生生的云朵
一定藏在
西山悠悠的岁月里

向佛借来千手千眼

是谁
能够打开宇宙的秘密

替生命减负
人生最大的幸福
莫过夜半挑灯读《坛经》
眼睛啊
我鼠目寸光的眼睛
面对
一座书山一片字海
消去年少时的锋锐
太阳一点一点燃烧
我失神的目光
像受伤的金雕的翅膀
无法背负　湛湛青天

雾霾沉沉
遮住
万水千山　重峦叠嶂
我知道
我疲惫的目光
无力穿透
已经憔悴的岁月
我多想
从佛的世界　借来
观自在菩萨千手千眼
参悟
这苍苍茫茫的人生
这恼人的肉眼
不如弃去
借一双佛的慧眼
神游三千大千世界

向银河借一点时光

我跟着太阳奔跑
据说
绕转银河一周
大约二点五亿年
再远的路
我也不会半途而废

我应该
是太阳家族的一员
我站在
生态公园的拱桥上
看月亮
一年又一年
我仰望
夜空闪闪烁烁的星河

我知道我的时光
藏在神秘的银河里
那些奔腾的浪花
一定
是一颗一颗的星光
借天上长柄的北斗
从苍茫的银河挹一勺星光
注入我生命的容器

在浩浩渺渺的宇宙

我应该
是一颗明亮的星星
我寻遍周天
你看
我就是初夜东南方
那一颗最亮的星星
我坚信
我是天上的一宿星光

小鸟在我窗前嘀咕

一只鸟
飞到我的窗前来叫
锋利的喙像一把剪刀
把我的时光
一点一点绞碎

还是那只鸟
在黎明前把春天噪醒
叫开
一树一树的桃花红

在这个夏天
快要结束的日子
在晨风中叫个不停
她悄悄告诉我
秋天
马上就来　马上就来

我知道
春天播种夏日耕耘
在这个秋天的枝头上
我该是
哪一颗红脸蛋的杏子

我蜗居在书斋
在书的风景里穿行
一年的花事将要开尽
我该出去走走
看看大自然多情的风光

那是一只报时的小鸟
她悄悄告诉我
秋风起渭水　落叶飘长安
那飞来的小鸟
在我窗前嘀咕了一阵
又匆匆飞去……

寻找春天的小女孩

春天在哪里
春天在柳丝儿的媚眼里
春天在哪里
春天在蝴蝶蹁跹的翅翼上
春天在哪里
春天在黄鹂鸟的歌声里
春天在哪里
春天在小河跳波的浪花里

春天在哪里
春天在小姑娘的辫梢上

遥远的喀喇昆仑
——写给边防英雄的歌

喀喇昆仑
一定很远很远
……
这个传说中
神仙居住的地方
一定很远很远
……
这个
神圣庄严的地方
以山的巍峨
屹立在遥远的天边
屹立在祖国的心房

那儿是风　那儿是雪
那儿是边防
那儿是高寒缺氧
在遥远的天边
在天边的喀喇昆仑
你用钢铁的脊梁
筑起
一道蜿蜒的雪域长城

你是天边上的高原

是高原
矗立的巍巍昆仑
是一株一株的青松
挺拔地
站立在暴风雪中
你是
风雪中移动的黑点
是遥远的哨卡
站岗的一挺钢枪

昨夜我梦见
祖国　西陲的天空
有几颗流星划过
一颗一颗的星星
燃烧的流星雨呵
一滴……一滴……
重重地砸进祖国的心房
这是
离天最近的地方
这个神仙聚居的高原
我的喀喇昆仑
连着风暴连着雪狂
连着人民英雄的忠魂

夜　读

月儿无尽地落下去
从树梢徐徐滑向山腰
夏虫也沉默了

歆享夜的无边的宁馨
赤着脚板踩碎斑驳的光影
深深地浴在夏日无边的月色
凝望苍穹
期待找回逝去的流光
携一缕清风回到桌前
把思想埋下去
又沉沉地痴迷在
爱恋无限的诗的天国

一辈子为书活着

我睁开混沌的双眼
看见的第一个字是太阳
第二个字是月亮
那里有一位蹁跹的嫦娥
为此
我常在夜里呆望出神
第三个
是写满天空的星星

都说　仓颉造字
这样的弥天大谎谁还相信
都说　伏羲一画开天
这样的故事骗过无涯过客
我向着空茫里寻找
天上人间的故事
让人足足一生享用

我把一生交给书掌管
自此我无法逃脱
那些
唱着歌讲着故事的文字
将我诱入八卦似的迷宫
走不出来
仰望星光点点的文字
我甘愿做银河里一朵浪花

一辈子为书活着
熬白的头发
是一闪一闪的星光
点亮漆黑混沌的长夜
看　那是一座神奇的大山
那是一条无水的河流
还有那些荒凉的浩渺的沙漠
是我一生读不完的经典

一句诗

一句诗
那样简简单单的一句
常常使我想起
那些深夜的犬吠和灯光
那些春风吹开的夏花
那些秋叶剪落的严寒
还有额头上的霜白
和挤挤攘攘
站在身后的那些书籍

银河：血管里流淌的浪花

我的生命呵
一秒一秒
逃离我的身躯
我追呀追
一直追到银河边
那一波一波的浪花儿
是我
生命做成的星光

我拿起我
北斗七星做的长勺
向星光
密集的地方一捣
那些一秒一秒
逃跑的我的时光
那些
一颗一颗的星星
成了我
一秒一秒的生命

一朵一朵的浪花
一颗一颗的星
是我
一秒一秒的生命
浩浩汤汤的银河
浇灌我不朽的身躯

一颗星
一朵奔腾的浪花
追波逐澜
在我的血脉里流淌

用脚步丈量一座城市

时光开掘的河流
穿过缠缠绵绵的兰州
白塔　皋兰山盈盈的目光
捧起一弯清凌凌的黄河
母亲呵
流不尽岁月悠悠
流淌
中华民族的泱泱血脉
万家灯火
酿一河闪闪烁烁的星光

水边上紫色的芦苇
是你细细长长的睫毛
两岸的山
隆起挺拔的眉骨
我沿着黄河行走
捡拾一朵浪花一枚鹅卵
中山　元通　城关大桥
是《易经》中三阳开泰

黄河呵
我是你童蒙的孩子

日日夜夜
在你胸膛上匍匐
让我
在你怀抱里撒个娇
看不够的兰州
亲不够的兰州
我用我雪花一样的脚步
亲吻你每一寸泥土

山沿着黄河驰骋
汹涌的浪花奔腾的大山
我不放弃你每一寸土地
从西固到红古
从九州到榆中
我走过二万五千里长征
从皋兰到永登
我浩浩荡荡
向着新疆的方向进军

一水中通　两山夹峙
是谁给了你金城的封号
是谁给了你兰州的芳华
黄河边的风情线
转动吱吱呀呀的老水车
我不能停下我行走的脚步
兰州
你给了我一个安居的家
我要把你写在我虔诚的心坎

日月经天　江河行地
黄河转动星光璀璨的银汉
北斗的斗柄

指向春天的方向
沿着满天星光的黄河
我不能停下我匆匆的步履
我想看看
离我四点二光年的比邻星
我想看看
那一颗距离太阳最近的恒星
兰州呵　我亲爱的兰州
让我　像春天飞舞的雪花
悄悄儿
悄悄儿融进你每一个细胞

用一生的时光与妻子约定

我站在瑟瑟寒风中
丈量时光的距离
大半辈子
我没有丈量明白
"马上"究竟有多远
"就来了"是多少时间
我用一生的时光
也计算不清楚
妻总是这样
把时光煮成一塌糊涂
像一场秋风落叶
让我无法捡拾无法追逐
可怜的生命的时光呵
在一次又一次等待中消亡

一个人站在沙尘中
从春天等到落叶飘飞
时光流逝
我站成一棵旷野的树
我站成一块江边上的石头
作为你的一片
我必须跟你并列的
站立成一道绝美的风景
我不能
独自蹚过我孤独的时光
等待是生活的常态
没有妻的陪伴
我不知道我河流的走向

等待是夫妻之间的仪式
你等一等我　我等一等你
从早晨等到黄昏
从星夜等到黎明
抱怨和嗔怪是自找苦吃
谁不说女人出门
该梳妆还得梳妆
该带的一样不能落下
刚出门还要踅回去看看
走了一半路又记起一件事
近来人事多消磨
春来不改旧时波
与妻子约定
要用一生的时光去等待

有一些东西等着我

总有
一些未知的世界
等着我去开垦
就像
宇宙一样没有边际
我疲惫的目光
再也
拉不动沉重的犁铧
每一天
熬到油尽灯枯
我寻找
少年时西斜的三星
我凝望
走过夜空的月亮
北斗
旋转的斗柄
牵着我的目光不放

这是佛的世界
不小心一脚踩了进来
那个释迦牟尼
那个阿难
那个被尘埃遮蔽了
真如心性的波斯匿王
何时
才能走出无明的泥淖

也不知道
一部《楞严经》
诵念
多少遍才悟得性明无漏

总有一些东西
心急火燎　等着我
有时站在我家的窗外
有时立在我的床边
有时
径直闯入我的梦境
我知道
有许多东西等着我
这些年我望穿秋水
我知道　还有
许多风景我没有涉足
仰望夜空
我担心那些闪烁的星光
离我远去……

元元的天下第一哭

这一哭惊天动地
是盘古
开天辟地第一声
这一哭穿透三山五岳
瀑湍飞流争喧豗
砯崖转石万壑雷

这一哭惊天动地

是赤子

最生动最真诚的表白

这一哭

是黄河穿过金城的涛声

元气充盈　生命饱满

这一哭

是对生命的无限热爱

两只黑豆豆眼

紧盯着陌生的世界

这一哭

一刹那绕地球转了几十圈

这是谁家的孩子

这样生动这样真诚

这一哭惊天动地

是盘古

开天辟地第一声

是华锐天祝高原的马蹄

叩响大地的胸膛

这是谁家的男子汉

一阵顶天立地的哭声

在夜色深处寻找

我常常

会从睡眠中惊醒

潜入时光深处

寻找
那些藏在文字背后的东西
我生怕
无端逃走的时光
把我
搁置在人生荒芜的旷野

张掖：让我给你写首诗

不是遥望祁连雪
错将张掖认江南
都说银武威金张掖
张掖有个大佛寺
蜿蜒千里的河西走廊
你臂膀只轻轻一张
就将西域三十六国
纳入大汉王朝的版图

张骞　班超　玄奘
来来往往的岁月
穿透历史的风尘烟云
凿空丝绸之路万水千山
周穆王焉支山万国博览会
周亘数十里
以示中国之盛
胭脂　焉支山
是栖落祁连的一片烟霞

搬过一张中国地图

我察看金张掖在什么地方
东邻武威金昌
西连酒泉　嘉峪关
南与青海相毗
北接内蒙古自治区
一区五县　甘州　临泽
高台　民乐　肃南　山丹
像珍珠点缀在河西走廊

八百多公里的黑河水哟
像一条飘飘悠悠玉带
飘过高山飘过戈壁
飘过沙漠飘过湖泊
祁连山的皑皑雪峰呵
流成一条轻轻袅袅的弱水
流成一望无际的居延海
流成额济纳千年不朽的胡杨
大漠孤烟　长河落日
张掖是黑河结出的一个金瓜

我想看看传说中的木塔寺
我想看看黑河边上的湿地公园
风中摇曳的芦苇是乌江村的香稻吗
色彩斑斓的七彩丹霞
是谁把天上的云锦写入人间
马蹄寺通入祁连山深处
平山湖奇山异水
像张家界像科罗拉多大峡谷
祁连山的森林呵
让我追逐你的白云你的松涛

金张掖在哪儿

我轻轻的手

轻轻抚过大佛寺的卧佛

我渴望的手掌

轻轻抚过张掖的山山水水

我多想穿越扁都口的油菜花

我多想从祁连的松林

绕过裕固族的高山草原

我想去野牛沟寻找黑河的源头

张掖　火车西站

让我搭乘一次你风驰电掣的动车

让我看看　你追逐太阳的高铁

让我在你日新月异的大地上奔驰

第五辑
DiWuJi

站着等你三千年

我坐在临水岸畔上等待
我手举
一枝摇曳的香蒲棒子
等你
三千年碧水春草
秋风袅袅
我在
我在红崖的水边上等你

红嫒：两千年能有多远

我坐在
红崖的水边上
很久
我在等我的红嫒公主
一等
就等了两千多年
不信
你看看那遍地的黄花矾松
朵朵的金黄
山中牧人叫它们骆驼干饭
我想　我的红嫒公主
一定是
骑着一峰紫色的骆驼
从花儿园的山峦中走来
我已经
殷勤地坐在水边上眺望

红嫒是一座山的名字
把一条叫石羊的河
映红
让人的心也滟滟发颤
你是袅袅娜娜
披着薜荔带着女萝
牵一匹白马的女郎
我坐在临水岸畔上等待

我手举
一枝摇曳的香蒲棒子
等你
两千年碧水春草
秋风袅袅
我在
我在红崖的水边上等你

把时光折叠起来

那一夜
我把我的时光
折叠起来
我企图
回到一片青青草地
找到
那个浅紫色的裙幅
月光下
我追了很远的姑娘

那一夜
我把我的时光
折叠起来
所有湖水的涟漪
在一片朦胧中睡去
青蛙的叫声
渐渐退潮
我想在
一片芦苇荡里过夜

找回我的秋水伊人

那一夜
我把我的时光
折叠起来
我站在
冰凉的秋风中
站成
江边上一块石头
等待一个神话
等待
传说中的楼兰美女

那一夜
我把我的时光
折叠起来
闪闪烁烁的银河
浅浅的
挽起裤腿就能涉过
我想看看
隔着时光隔着银河的织女
我想看看月华淡淡的嫦娥

今夜月光如水

今夜
春风梳柳
我顺着月光行走
走着走着

我就走进了月宫

那里
有桂树飘逸的花香
有玉兔
有伐树的吴刚
有多年前
走散了的嫦娥妹妹

今夜我寻找
从很远很远的地方
走来
循着你的月光你的芳华
我多想走进你的心窝

今夜
我沐浴月光沐浴花香
请不要怪罪我的鲁莽
我不过
是一片路过沙漠的云
偶尔洒下
一滴相思的眼泪

旧书中掉落的青葱岁月
——写给严总荣华

收藏
收藏一朵花
就收藏了一枝春天

这是谁家的花
藏在书香里
让所有眼睛
所有心灵一起找寻
多少年过去
青春岁月
早已酿成一坛美酒

还记得中天吗
记得那个长辫子
大眼睛的姑娘吗
沙窝窝飞出的凤凰
竹子
还记得凤鸣书院
那一丛竹子吗
记得
还记得一尊小小的
带着
红线绳的玉足吗

捡起
我捡起书香里
撒落
青葱一地的时光
捡起
我捡起一抹馨香
藏在
红楼一样的心房
如果
不是整理旧书
整理那些
丝丝缕缕的时光

谁可一睹
你走进
岁月深处的芳容

兰州有个凤鸣书院

凤者　化育万物
鸣者　雝雝喈喈
凤鸣
我又一次又一次
想起
诗经《卷阿》
凤凰鸣矣　于彼高岗
梧桐生矣　于彼朝阳
凤兮非竹实不食
非醴泉不饮

一个是凤鸣书院
一个是水木荣华
凤凰于飞　其羽翙翙
书院
像五彩云
飘过高高山岗
你是腾格里的向阳花
你是巴丹吉林的梧桐林
你是
沙漠飞来的金凤凰

翰墨从碧桂园

从二环岛袅袅逸出
凌空御虚　你以手指日
莲花步步高升
一只精灵的梅花鹿
在荷叶上伫望
兰亭修禊　曲水流觞
琴棋书画
娟秀多情的赵孟頫
是你梦萦魂牵的男神

我想看一看凤鸣
带一路风尘
一往情深
我是一个坚执的寻道者
书法
滔滔奔流的黄河水
每一朵浪花
溅起……
儒——释——道馥郁芳香
凤鸣书院　凤凰于飞

白雪一样的女孩

那一定是
《诗经》里的一片蒹葭
我以为离我很远
很远……
你也追　他也追
追过三千年岁月

也没有追上
那位兼葭苍苍的伊人

我以为那一定是梦
是梦
是一片真诚
打动一朵云的心思
飞扬
飞扬的雪花纷纷扬扬
雪花在飞扬
白白的雪
白白的雪花
把天洗成大海的蔚蓝

我以为
你是《诗经》里的女孩
在河的那一边
在河的那一边等我
在芦苇的水波里
溅起无边的涟漪
月光下
我看见　我看见
伊在那一棵柳树下等我
月儿弯弯　弯弯的月儿
一定是
你那一道弯弯的蛾眉

你给我的永远是背影

假如你给我的
永远是一个背影
我也照样
迎着沙漠的晨光

假如你给我的
永远是一个背影
我也照样
在月夜深深凝望

假如你给我的
永远是一个背影
我也照样
咀嚼苦涩的芬芳

腾格里的月亮

你是
衔泥筑巢的燕子
一声呢喃
迸出一星嫩芽
你是
三月里灼灼夭桃

送来
一枚粉红的春天
你是
腾格里沙漠的月亮
圆了又缺

你是
挂在树梢上
红丢丢的沙枣
那只痴情的鸟
叫碎了婉转的嗓音
三千年等待
能否从你绰约的风姿
采撷
一枚枫叶一粒红豆

你是
飒飒摇曳的芦苇
伊人　在水一方
溯洄从之　道阻且长
溯游从之　宛在水中央
你是一池清荷
是月亮
是云做的霓裳
袅袅　从我心头飘过

你是腾格里的月亮
弯弯沙丘是你的美眉
沙漠里的海子是你的妆镜
我是祁连山的冰川
是山中草　是风
是河边柳

是五月芬芳的沙枣花

八月飘香的蜜瓜

十月金色的梧桐

我追着我的梦

一直追进腾格里的月亮

你是我最美的相遇

还是那个草坡

那个青青的草坡上

我第一次遇见你

多年前

远远的　远远的

我看了你一眼

多想走近说一句话

可是　我不敢

美

给人一种灵魂的羞涩

记忆是一枚月亮

始终

挂在黄昏的柳梢上

无论走多远

无论有多久

一刻没有离开我心房

无法稀释的夜色

飘着

淡淡的玫瑰的芳香

那是
一杯醇厚的美酒
陶醉了
三千年日日夜夜
我困在
《诗经》的河滩上
寻找
蒹葭苍苍的伊人
月儿弯弯
又挂在了柳梢上
我伫在
蔓草零露的旷野
向你　向你家的花园
偷偷射出一箭

牛郎织女的故事

我知道我也许是牛郎
你是天上的仙女吗
一次下凡
就把魂留在了人间

从那以后
你才品尝了凡人的甜蜜
不想回到玉皇的天宫
你因此受到最苦的惩罚

那一根尖利的玉簪
划出一道天河

一个在东一个在西
盈盈一水　脉脉相望

喜鹊是最有情的红娘
从《诗经·鹊巢》里飞来
一年一度在天河上搭桥
才有葡萄架下的乞巧

牛郎织女有什么过错
两情相悦
就变成了天上的星星
只能用闪烁的眼睛说话

纵是这样悲情
无数的牛郎和织女
毅然将他们的精魂
存放在茫茫银河两岸

飘飘袅袅的相思

想你的时候
吻一吻你的照片
搂着月亮
搂着
缠缠绵绵的梦
今宵
我能不能
涉过
你浅浅的银河

月光淡淡

穿过袅袅柳丝

相思

溅起一片涟漪

说好了

我等你三千年

我是

一只痴情的大雁

沿着

季节的边缘

一年一度飞来

今夜　有多少人

是织女

今夜　有多少人

仰头望着月亮

今宵我沿着

柳丝飘飞的长堤

走了一夜

今宵

你披着被子

看了一夜手机

缠缠绵绵的相思

比融融的月光还悠长

清晨　触摸第一缕阳光

那一朵梦呵

比六月的月季花还轻
把一只手伸过
是空茫
还是晨曦中第一缕阳光
沙漠里
弯弯曲曲的脚印
一定连着一片海子
连着
你充满诗意的远方

一只手伸过去
触摸的是光
还是银河奔腾的浪花
梦是红沙岗的风
跟着大风车一起飞翔
梦
是岔河子的白雪
跟着春天一起生长
夏日的花一片嫣红
莱菔呵　就是来福
还有
几朵飘飘袅袅的白云

把手伸过去
抓住
晨曦中第一缕阳光
沙地绿草茵茵
沙漠里有芦苇紫穗的花
有水波粼粼的海子
留在沙地的那一串脚印
是你炎光赤日的跋涉
一滴汗一颗晶莹的露珠

一个脚窝

盛满一缕闪烁的星光

秋月枫：写诗的沙漠苁蓉花

一个沙漠里的女人

把柴米油盐的生活

酿成一朵花

比一头老黄牛坚韧

比一只小蜜蜂辛劳

乡下

属于你的比城里的灯火更多

泥土和烟火

才是你生命中最美的花朵

随便抓过一样就可以疗伤

一只猫在春天的房檐上叫了

还有无故闯进梦里的沙尘

夏日是一年中

最不能忽视的部位

如果不在黑夜里悄悄开花

秋天

必然没有赤橙黄绿的故事

夕阳把所有的影子拉长

把所有的梦做成雪花一样的模样

村庄像沙漠一样包容

无论你怎样风光又怎样落魄

都——像一个人的心事

像日月星辰

收藏在黑夜

收藏在旋转的天空
一个女就撑起一个村庄
撑起一片黑夜
撑起一年四季的天空
一个在沙漠里写诗的女人
把生活酿成蜜
酿成沙漠里醉酒的苁蓉花

秋月枫的幸福时光

你的时光在哪儿
你的时光
在余结沟干坼的沟底里
你的时光在哪儿
你的时光
在小河畔千姿百态的沙枣树
你的时光在哪儿
你的时光
在风雨沧桑的古寨墙
你的时光在哪儿
你的时光
在你梦里的泥土中
你的时光在哪儿
你的时光
在麦子
子夜拔节的生长中
你的时光在哪儿
你的时光
在一只八脚姑娘的丝网上

你的时光在哪儿

你的时光

在瞿家井堆起的沙堤上

你的时光在哪儿

你的时光

在芦苇穗子上摇荡

你的时光在哪儿

你的时光

在碱土泛白的湖底上

你的时光在哪儿

你的时光

在一群羔羊的蹄印里

你的时光在哪儿

你的时光

在闪闪烁烁的银河里

你的时光在哪儿

你的时光

在你灵动飞扬的文字里

你的时光在哪儿

你的时光

在你的梦里潜伏

你的时光在哪儿

你的时光

在你女儿幸福的笑靥里

你的时光在哪儿

你的时光

在白亭海畔的沙漠里

你的时光在哪儿

你的时光

藏在太阳的甜蜜里

你的时光在哪儿

你的时光

在月亮缠绵的相思里

三个女人的世界
——梨树花开田鼠大婶秀红视频记略

这是驿路上的梨花
在沙漠的乡村
淡淡的开
一树梨花
香透一个村子
香透我的腾格里
香透我的巴丹吉林

夏天你一定要来
沙枣花也开了
树梢上的喜鹊在欢叫
一定
是远方的客人来了
请你
请你在我的家乡走走

大地氤氲泥土的气息
你可知道
谁是乡村的田鼠大婶
谁是腾格里的秀红女士
谁
是梨树花开的白雪呵

且走且品

从初升之朝阳
到黄昏之霞彩
从蕙风和暖的春天
到火里秀麦的夏日
就这样一年四季
日复一日
我的父老乡亲呵
戴天履地
脚踩满天星斗
脚踩一地冰霜

薛百的红枣红了
城近的西瓜熟了
太阳下晒干的白馒头
脆里透甜
红红的沙沙的瓜瓤
才是
庄户人甜甜蜜蜜的生活

日出而作日落而息
凿井而饮
我是一片多彩的云
悠悠
在蓝蓝的天上飘过
我是一只鸟
啾啾
在繁枝密叶里蹦跳
我唱着我欢快的歌谣

梨花
是南国飘来的芳香
田鼠的电商

家常里短鸡零狗碎
秀红是谁
我一点儿也不知道
她肯定是秋日里的朝阳
让人心醉　让人心醉

我想
我应该是秋天的秋风
我想在我的腾格里
在我的民勤到处走走
薛百的红枣朱红累垂
田野里的葫芦花
结出嫩生生的葫芦娃
大坝东坝镇的人参果
黄葱葱亮晶晶
咬一口甜透你的心窝

蔡旗边上的石羊河呵
汤汤流淌
还有
那个遗弃的水库西马湖
一座吊桥
承载多少悠悠荡荡的岁月
都说鸡鸣狗叫闻三县
重兴镇的大盆麻辣鲤鱼
车水马龙
招来南来北往的过客
黑山村的红瓤子大西瓜
唱一路喜乐丰收
红崖山的水滟滟一碧
你可知道
有多少水鸟留连忘返

国栋村的干河墩
在一片金黄的梧桐林醉酒
马俊河的梭梭林呵
沐浴春风秋雨
像家乡疯长的狗尾巴草
摇啊摇
摇出一片欢天喜地
双茨科镇的沙蜜宝
宛若一地璀璨的星光
火红红的朝天椒
恍若天边上一抹红霞
子夜
我于微醉里把你深深怀想

老虎口
十七万亩黄沙
静静睡在一片绿荫
做了一个苁蓉开花的梦
泉山
是狼刨出的一汪清泉
多少次
我登上连古城的高墙
遥想
一段汉唐盛世的复活

刘家地的村医小有名气
红柳怀抱的沙丘
我曾经
用脚一步一步丈量
那些红柳葳蕤的沙峦
我渴望风沙西线

长出
一排金花银叶的沙枣树

板湖滩的红柳花开得正艳
像乡村少妇的一方红头巾
在秋风里摇啊摇
号顺村的集体农庄
国庆节的日子请来王二妮
忘不了的外西
风沙中孤岛一样的村子
盛满我水意盈盈的记忆
来来往往的煌辉村
一团偌大的飞尘
追逐
我飞驰而过的重庆雅玛哈
青土湖的贝壳
幻成夕阳中摇曳的芦苇
那些我梦中的新娘
那些我梦中的新娘
蒹葭苍苍　白露为霜
是我一生追寻的伊人
是我一生追寻的伊人

东湖镇的万亩茴香
醉人的香气在云端上缭绕
大毛湖的手抓羊肉
牵萦我一生一世的梦魂
冰草井啊青沙窝
白碱湖偎在半个山的怀抱

收成乡已经撤乡设镇
也许是蜜瓜飘香的缘故

我的童年
泡在东大河的河水中
泡在
甜甜蜜蜜的"兰州蜜瓜"里
种蜜瓜的父老乡亲
高高捧起手中的金饭碗
我多么喜欢
那些耳熟能详的村名
流裕，丰庆，兴隆，珍宝，兴圣
天成，永丰，盈科，中兴，中和
宙和，礼智……
就这样
我的童年游走在黑水槽
游走在东大河的渠夹里

红沙岗是蒙古王爷的花园
据说
红红的岗峦种过罂粟花
不管怎样
那是我一生眷念的地方
且不说仙云缭绕的莱菔
且不说甘蒙边界的独青山
天边上的八卦沙窝
还有神话世界里的板滩井
风在戈壁上驰骋
光在岗峦上飞翔
一座崭新的城市拔地而起
一座崭新的城市拔地而起

翻过长沙岭爬上尖沙窝
昌宁盆地
有一个好听的名字

马莲泉
水干了就成了一方盐池
这些
飘飘袅袅的烟云
早已走进历史的风尘
说话霸气的昌宁人
来人待客打一个"荷包蛋"
其实就是吃一顿手抓羊肉
生活富裕了
老百姓当然扬眉吐气
老百姓当然扬眉吐气

南湖呵我越来越模糊
你真实存在的概念
总以为以红水河为界
也有人叫你邓马营湖
牛羊被野
胡马胡马　放之焉支山下
黄草湖　麻山湖
还有缥缈妩媚的青山
2014年
我登上你高高的峰巅
看民勤　哈什哈浑然天成

红崖山轻柔缠绵的臂膀
揽起一湾石羊河的清流
苏武山的野鸽子墩高高耸立
传说中
北海是苏武牧羊的地方
苏武牧羊十九年
二百二十八个月儿圆
龙潭灵窟风生水起

供港蔬菜日行千里到香港

夜已经很深
我在我的备忘录
涂鸦我的民勤
我觉得我的家乡很美
无须涂脂抹粉
无须乔装打扮
农村的路日新月异
是乡村振兴的康庄大道

我又想起那三个
朴实无华的三个女人
田鼠窸窸窣窣
穿行在田野的泥土里
穿行在粗砺的村庄中
梨树花开
在遥远的南国的都市
人海茫茫
念念不忘生她养她的故乡
秀红一定是春天
是春天里
倚着短篱开放的一树红桃

山里的女人

山里的女人
喜欢站在山顶上
用牧羊的棍子

戳一戳天上的星星
山里的女人伫立山巅
望着进山的路
化一块不朽的石碑

一群羊一个女人
是草地上散漫的孩子
一声吼叫唤来万山回响
羊群飘游在天边上
一朵云挨着一朵
静静地在山坡上吃草

一座山
是一座山的长相
这犬牙交错的叫桠爪山
那铁锅似的是锅山
还有刘家黑山　沙山和团山
每一座山的怀抱里
依偎着青青草地和女人

转场　转场……
狼狗在前面奔突
我赶着我的羊群和云朵
走近天边的红霞
水嘴子　红圈台河
石匣子　红柳沟
青青草地
是我青草一样青葱的家

山里的女人是山涧的泉水
漫山遍野的花为她绽放
悬崖献上累累缀缀的山果

山里的女人
是倏忽往来的云朵
有时飘在山腰有时伫立山巅
还有那一方招摇的红头巾

思　念

黑夜里
一切都睡着了
唯有相思不眠
一夜辗转
把心都碾碎了

太阳给我的信念

我知道
你是天山上的
雪莲花
那样高寒的地方
只有
鹰的目光才能到达

如果我是一阵风
我也会
撩一撩你飘逸的长发
如果我是一朵云

我也会
多情地栖在你肩头

无论你有多远
也没有
心不能抵达的地方
无论你多冷
也没有
太阳不能消融的雪花

题西郊公园半日游图
——伊人游园九幅照片题诗

这是谁家的花
这样漂亮
淡淡的香淡淡地弥漫

这是谁家的女孩呵
站在一棵大树下
是忘记了回家的路吗

一个人在路上行走
傍着花香
傍着影影绰绰的绿意

小小的一条石子小路
在绿色中陶醉
还有头顶那一片金黄

累了就在板椅上坐坐
手和手交叉在一起
片刻沉静又仿佛想起些什么

和倒影儿一起伫立在水边
托起的手掌
轻轻托起轻撩的柳丝

不知不觉
又来到另一棵树下
让我　让我再一次深情凝望

细细的心思细细的雨丝
牵住纤纤细手
牵住一往情深的双眸

这是谁家的花
开得人心儿咚咚跳
水面也漾开一圈一圈涟漪

弯弯曲曲的小路

一次又一次
在这条小路上徘徊
幽静的小路
比一段爱情还幽秘
曲径环抱的小河
浪花儿咕咕唧唧
月光参不透

五月沙枣花的心思

小路弯弯曲曲
曲曲弯弯的小路
在树荫花丛中蔓延
那座摇摇晃晃的木头小桥
是索做的
晃晃悠悠　晃晃悠悠
淡淡的月光呵
参不透五月花的心思

一次又一次
在这条小路上徘徊
幽幽月光
淡淡花香
小河的浪花咕咕唧唧
弯弯曲曲的小路
曲曲弯弯地延伸
五月的沙枣花
参不透月光的心思

你等到芦苇白了头

那一年　你站在
腾格里黄昏的沙丘上
披一身沙漠的红霞
我等你一直等到
青土湖的芦苇白了头

那一年　你站在
石羊河畔的水边上
波光里荡漾着你的滟影
我等你一直等到
金色的胡杨翩翩起舞

那一年　你站在
你家的那棵大柳树旁
飘逸的长发迎风飞扬
我等你一直等到
月亮的容颜谢了芳华

我想让你拉住我的衣襟

我多想
让你拉住我的衣襟
可我刚一回头
你却不见了
我的衣角
还留着你手的芳香

你去了哪儿
我看不见你飘过的倩影
只见
那些柳丝被轻抚了一下
你像
一朵彩云袅袅走了

我多想在梦里与你邂逅

可是
你以月光似的虚幻
盈盈　在我床边上逗留
脉脉含情
我愿是一潭清泉
把你闪闪烁烁的星光
映入
我缠缠绵绵的波心

我再等你一万年

如果三千年不行
那么
我再等你一万年
几世几劫都过来了
一直
等到地老天荒
我知道
你是天上的神
不肯
轻易走入凡人的世界

我已经
等你整整三千年
你说
你一定不会忘记
曾经的承诺
春天又一年
驮在蝴蝶的翅翼上

秋风又一年
走脱缤纷的落叶
我能否
捡一枚月夜的帧照
夹在
我心爱的书页里

我在我的天边上等你

太阳烧红了天边霞
给自己
做一个回家的背景
那些黄昏的树木
那些水的涟漪
村庄里袅袅炊烟
谁家的狗叫了一声
鸡栖在院子的柴垛上
你一定在山的那边过夜
明天又从海的水波里跃出
我是六龙驾车的太阳
把一堆一堆的光亮
收藏在山的那边

月亮领着几颗星星
从沙丘上出来散步
渐渐儿走到天的中央
都说　你是广寒宫
你是长袖善舞的嫦娥
伐桂的吴刚

永远砍不倒月中的桂影
寂寞凝成的相思
缺了又圆
一年一度你走你的夜路
一遍又一遍
我在我的天边上等你

我在心里等着你

我只能在心里等着你
去一个幽会的地方
春天的花开了　蝴蝶蹁跹
你没有来　我以为
你头枕一条小溪睡在花丛中

我只能在心里等着你
我希望有一缕风
像春水漫过
我站在
柳丝轻拂的湖边
荷花亭亭　水路幽幽
我不知道你姗姗的倩影
在谁家的月光下徘徊

夏日的草
遮掩了山路野径
我该向哪儿去
腾格里的烈日
巴丹吉林的沙漠

一个人真的不好出行
我渴望
一朵云从山岫飘出

凌厉的风
掠过一朵墙角的菊花
树叶
不好执拗地停在树梢
日渐稀疏的小鸟
匆匆忙忙的岁月
让我来不及向你挥手

清晨　淡淡的雾
雪花
又仿佛在眼前飞扬
也许
你是沙漠深处的海子
也许
你是蒹葭苍苍的伊人
我头枕着我的《诗经》
你能否
潜入我幽幽的梦境

我听见了
你盈盈的步履
踩着我激动的心弦
咚　咚　咚咚……
来了　又转身飘去
袅袅
像一朵天边上的云朵

追你一直追到银河边

我追你
追到黄昏的天边上
哦 那一片
夕阳妆成的芦苇
我追你
一直追到我梦里

我追你
追到昆仑山的瑶池下
蹁蹁跹跹的霓裳
扰乱我无边的心思
我追你
一直追到月亮里

我追你
追到《诗经》的蒹葭里
前世里
你是我菩提树下的情人
我追你
一直追到银河边

黄羊从青苔上驰过

还记得
那一次抵足
我的脚
一不小心
踏入你的怀抱
我的
热烈的腾格里
沙漠呵
我的灵魂
第一次着了火

我的心　永远
留在
青土湖的边缘
那些芦苇
那些
驮着烟霞的水鸟
那些
浑圆的绵软的沙丘
还有夕阳中
驰过青苔的黄羊

秋凉的风
掀起夜的裙袂
月儿
还系在柳梢上

星星的眼睛
亮着
我伸出
藤蔓似的思念
挽住你
也许羞涩
也许妩媚的笑靥

小径上飘过的蝴蝶花

那是一段
僻静幽香的小径
我独自行走
一只蝴蝶
从我身边飘过
飘过
蹁蹁跹跹飘过
这只风尘中的蝴蝶呵
从哪儿来　往哪儿来
从我身边飘过　飘过

这样一条小径
柳丝呵　你可捞得起
洒满水波的月光
芦苇啊
我的月亮走了
把哗哗水声留在湖边
一圈一圈的小径
有一只蝴蝶轻轻飘过

梦一样轻轻飘过

行走多少圈　多少圈啊

才能

才能相逢你的花魂

追一个梦

追着月光的影子竞走

蝴蝶飘过的小径

氤氲夜的浓浓的草香

你飘过　轻轻飘过

翅膀抖落的香粉

一定铺满

铺满一条弯弯小径

我一遍一遍追逐

我一遍一遍咀嚼

咀嚼你留下的幽幽芳华

寻找心中的伊人

我走遍我心爱的大地

那山　那旷野

一定藏着许多珍宝

许多秘密

那水那飘荡的芦苇里

一定有一位伊人

在天边上等我

在我的《诗经》里等我

三千年

三千年的时光呵

我的伊人
注定是上帝最美的造化

我走遍家乡的山山水水
我爱一株草
爱草尖上噙着的露珠儿
我爱一只鸟
爱一只鸟飞过的倩影
和她洒落的欢快的歌声
我爱一粒沙
我以为
一粒沙是天上一颗星
我爱那个牧羊的姑娘
天边的红霞
是她微微醉酒的酡颜

我寻找我的美丽的伊人
我走遍天涯
那山　那水　那人
那天边上的一朵云彩
是我
是我梦萦魂牵的伊人
我认定
山的那边一定藏着些什么
藏着不为人知的秘密
藏着我心心念念的伊人
让我
让我用一生的时光寻找

一定能够追上你

只要
你没有走出银河
我就
一定能够追上你
我是太阳
我以光的速度奔驰
擎一把火
擎一把太阳一样
燃烧的情愫
照亮
你经过的每一个地方

只要
你还没有走出宇宙
我就
一定能够追上你
你是一颗星
我是一颗星
你的光照耀我的脊背
我的光照亮你的眼眸
我们是
天空闪亮的星光

你的梦想
就是我的梦想
为着这一个崇高理想

我奔驰

在流淌的银河

在苍茫的宇宙

我是一颗炽烈的太阳

我以火一样的热情

以光的速度

只要你不走出银河

我就一定能够追上你

音乐是海的浪花

音乐是海的浪花

是银河闪闪烁烁的星光

美人之美　西方之人

你是昌宁湖流淌的柔波

你是四方墩粗犷的风

你是

缠缠绵绵的一粒沙子

红衣綦巾　红衣綦巾

我去哪儿寻找你的芳踪

溱与洧　方涣涣兮

赠之以芍药

还记得　还记得

国栋村的那一片梧桐林

还记得　还记得

那一双扑扑闪闪的大眼睛

音乐是海的浪花

是银河闪闪烁烁的星光

美人之美　西方之人
你是
金川峡流淌的绿水春波
你是
巴丹吉林悠长悠长的风
你是石羊河畔青青柳
蔓草零露　蔓草零露
我去哪儿寻找你的芳踪
溱与洧　方涣涣兮
赠之以芍药
还记得　还记得
那个弹钢琴的红衣女郎
还记得　还记得
那一双扑扑闪闪的大眼睛

银河那边的眼睛

苍天呵多么有情
让我
邂逅凝露蔓草
让我
只一眼一生缱绻
苍天呵多么残忍
隔山隔水
隔一道浅浅的银河
一颦一笑
深深
融入流淌的血液
我能不能

看一眼你风情的眼睛
我能不能
伸过我的手
握住一段醉酒的相思

柔情似水
造一个你的模样
如果不然
做一只
庄周似的蝴蝶
翩然入我梦魂
隔山隔水
隔着万家灯火
如果
你是银河
我相信
我能蹚过
这盈盈一水的碧波

月光点亮的黑夜

太阳倦了
云轻轻掩住
冬日里
温暖大地的是雪花

没有星星
谁给银河添水
深邃的天宇

张大焦渴的嘴巴

没有月亮
黑夜
失去闪烁的媚眼
沉沉的夜
一团漆黑
把所有的相思
深深藏匿

黑夜无边无际
没有月光挥洒柔情
谁能知道
时光将有多么伤痛

月亮默默
等候在天边
月亮静静
飘浮在柳梢
黑夜悄悄
把月亮别在
我的第二颗纽扣

井水映满月光
江河洗涤月光
大海收藏月光
是谁
自古至今
跟月光厮守在一起

月光清清
潜入我的心田

月光幽幽
沉在你甜甜的心底

站着等你三千年

我看见
我看见你沙漠的海子
芦苇一样的睫毛
星光闪亮的眼睛
盛满清纯澄澈的波光
我以
一棵梧桐树的姿态
站在海子边上
我嗅到
你甜蜜的氤氲的气息

我也许
无法把我婆娑的身影
投入你柔和的波心里
我只能远远望着
我参不透你凌乱的心绪
风一次又一次
丈量我们之间的距离
一棵树站立多久
才能站在你甜蜜的心窝

我不能向你走去
我是一棵金色的梧桐
你不能向我走来

你是沙漠清澈的甘泉
一切都是上帝的造化
你坚守你的清纯
我坚守我的金黄
风一次又一次
丈量我们之间的距离

我看见甘甜的海子
我看见你清澈的眼波
我站立在金色的沙漠等你
这一等
就是风风雨雨三千年
我用我金黄的树叶
送去我红豆一样的相思
你用你清凉的风
传递玫瑰幽怨的芬芳

如果不是站着等你
三千年我一定走出很远
沙漠的海子
哪一个不是歇脚的驿站
又是一年
我站到叶色金黄
那一朵悠悠飘来的云彩
是你醉人的裙幅吗
那一滴敲打芭蕉的秋雨
是你　是你吹来的秋风吗

只求曾经遇见你

在我的一生里

我不求

你爱过我

我只求

我曾经遇见你

即使

再不能相逢

你也像

冬天的太阳

温暖着我

在我的一生里

我不求

你爱过我

我只求

我曾经遇见你

即使

再不能相逢

你也像

一弯新月

挂在我眉梢上

在我的一生里

我不求

你爱过我

我只求

我曾经遇见你
即使
再不能相逢
你也像
一只蝴蝶
在我梦里蹁跹

在我的一生里
我不求
你爱过我
我只求
我曾经遇见你
即使
再不能相逢
你也像一朵花
为我盛开为我芬芳

第六辑

DiLiuJi

迎着春天飞扬的雪花

春天坚定地向这边走来
只隔着
一层薄薄的轻寒
风从四面八方吹来
我已经听到
阳光嘶嘶融雪的声音
我站在高楼上眺望
我看见春天了
那一星嫩嫩的绿芽

人生四十一棵树

风风雨雨
我走过一个春
坎坎坷坷
我走过一个秋
我是树
太阳从我头顶经过
月亮在我密叶里穿行
我的岁月贮满泥泞
我的生命沉淀彩虹
我是树
把所有的日日月月
收入我的躯干

我是树
我是一棵伟岸的树
我的周围有一片树林
有些比我苍老
有些比我矮小
我是一棵四十岁的树
我的枝条粗壮而柔韧
风来了我没有折断
雨来了我默默承受
我是一棵挺拔的大树

我是树

我的繁茂的花朵
遭一场风雨凌虐
春风吹过
我照样花开
我成了果实累累的树
弯弯溜溜的枝条
也许会压向别的树干
我疏狂的花
也许飘落邻村的小院
我微曛的香
也许融入过往的云

我是一棵四十岁的大树
我也许
投影在湖水的波心里
也许我光洁的肌肤
被邂逅的少妇掐上一痕
过路的人
看见了
无须过分讶异
你树上的鸟
看见了无须过分喧噪

我是一棵四十岁的树
我的树冠撑起一片天空
我的密叶摇来一地绿荫
风从四面八方吹来
我有时也许失控
我是一棵生长在田野的树
四十年风风雨雨
我的根紧紧抱住大地
我蚕食沙漠旷野日月星辰

四十年我根深叶茂
我再也不会迁徙流浪
我再也不会迷途荒原
我是一棵四十岁的大树

阿文：地球上最高的诗人

阿文是我的学生
这是多年前的事
再见面时
三十年已经过去
时光将他
送到很远很远的地方
他成了
西藏自治区的副厅长
我已经
不记得他的名字
只记得
那个军便服的小平头
一切都被时光冲淡

阿文是个十分认真的人
能吃苦　无人能及
一个贫寒人家的孩子
一个交不起学费的农家
沙漠给人热情和力量
阿文不得不
自己蹚出一条路来

沙漠里飞出金凤凰
沙漠里的麻雀
飞着飞着
就飞成高原的雄鹰
你说
你从吉兰泰起步
举目无亲的大上海
是你奋力一搏的跳板
珠穆朗玛
是你真正栖身的云端

我不知道
你为什么突然作诗
是高原的风
还是珠穆朗玛的雪
是奔腾的雅鲁藏布江
给了你神的示谕
是一池碎苹中的金鱼
是夕阳中的柳丝
还是晶莹的飞扬的雪花
你咋突然就作诗了

厅长退休了　在西藏
四十五岁
你还是一个棒小伙
高大的身材
在高原上行走
你是巍峨的珠穆朗玛
把高原上的蓝天
高原上的白云
收入妙笔生花的锦囊
阿文是个认真的人

你注定
是地球上最高的诗人

脖戴红领巾的天牛

远远就看见
那些枯树包裹的村庄
那些
肆无忌惮的天牛
越来越钻进乡村的心脏
脖戴红领巾的天牛
花花公子的星天牛
大摇大摆
钻进
高高的白杨树的树心

这是哪来的蟊贼呵
冠冕堂皇的天牛
耀武扬威的天牛
有人说是洋种
从美国那儿进口
没有天敌
颈戴红领巾的天牛
飞扬跋扈的天牛
一股脑钻进白杨的心脏
吸走我村庄的灵魂

曾经高大的白杨树
曾经高大的绿荫

环抱我
炊烟袅袅的村庄
环抱我
心旌摇曳的村庄
去其螟螣　及其蟊贼
无害我田稚
这些冠冕堂皇的天牛

村庄的树干枯了
树干上圆圆
深不见底的圆洞
是谁
摄走我的树的灵魂
那些颈戴红领巾的天牛
那些冠冕堂皇的天牛
没有天敌
那些大摇大摆
那些飞扬跋扈的天牛

春天就在我们眼前

我站在高楼上眺望
我看见春天了
那一星嫩嫩的绿芽
迎着冬雪
迎着凛冽的风
一步一步向这边走来
我站在高楼上眺望

春天坚定地向这边走来
只隔着
一层薄薄的轻寒
风从四面八方吹来
我已经听到
阳光嘶嘶融雪的声音
我站在高楼上眺望

沙漠中那一条蜿蜒的小河
树梢上那只啼叫的鸟
连同雪地里那一株老柳树
都已嗅到春的气息
这是黎明前的一段黑夜
东方已经闪现亮的光晕
春天在"大寒"后就到来

春天向我们走来

"大雪"到了
我一下
想到纷纷扬扬的雪花
想到
春天粉妆玉琢的梨花
那些
花一样翩飞的蝴蝶
那些
嘤嘤嗡嗡的蜜蜂
又是
一年"大雪"到了

雪花儿
飞上我的眼角眉梢
阴冷的日子不会太久
我梦见
阳光融化冰凌的声音
我梦见
溪水穿过茂密的森林
在草甸在花丛中奔流
大雪节到了
春天一定不会太远

春天就要来了
让我们
打开所有的窗户
迎接……
太阳的光多么明媚
让我们
张开所有的臂膀
拥抱……
我多想
在雪地上堆一个雪人
我多想
摘一枝春天的红花
别在情人的额头
春天
我的春天姗姗而至
我要
呼朋引伴去远游

春天从远方来
跨过长江跨过黄河
春天

正在打开
万里长城的大门
向着我
向着我的腾格里走来
春天
是一场浩荡的春风
天南地北
坦坦荡荡向我们走来
春天
是冬日积蓄已久的暖阳
倾洒在大地每一个角落
小鸟在树枝上叽叽喳喳
春天
像春风吹拂千丝万缕的柳丝
撩起
撩起我蛰伏已久的花裙

大风中拜谒一棵古桑

桑子是紫红色
你还记得
《从百草园到三味书屋》
那些又酸又甜的桑葚吗

大风中
我拜谒一棵古老的桑树
东皇太一
桑子树在东坝镇东一村

我小心翼翼爬上树杈
摘一枚紫红的桑子放在嘴里
甜甜的酸酸的
我知道我登在了祖先的鼻子上

是谁把一株桑子插在泥土
成就一方枝繁叶茂浓荫遍地
一定是来自明代的移民
从遥远的南方衔来一片记忆

毛茸茸一树桑葚
像一树毛茸茸的桑蚕
从嫘祖的衣袖间爬出
爬出一条山山水水的丝绸之路

大风中我拜谒一棵古桑
老桑葚呵这是谁家的大树
风风雨雨
在夕阳中一站就是几百年

端午：我又能说些什么

屈原已经走了
我还能说些什么
又是一个端午节
粽子是打在
一个民族身上的烙印
二千多年
一次又一次把你误解

多少次龙船竞渡

多少次登高吟诵

汨罗江倾满了粽子

高山上飘过些欢声笑语

可是　《离骚》……

《离骚》……

你能背出完整的一段吗

布谷鸟

从没有错过一个季节

沙枣花

也不会一次爽约

只有我以虚假的方式

给你奠酒

我已经彻底忘记

你的故事后面的背景

行吟江畔　形容憔悴

无论

你如何声嘶力竭

也不能惊醒

迷梦背后的美丽谎言

我不想

用吃粽子的方式

纪念一个真正的爱国诗人

我想把

《离骚》吟诵一千遍

我已经

找不到你诗中的真谛

把它权当成罗曼蒂克

还记得那一年途经秭归

我想到跟你论诗

什么是真正的忠诚
什么是真正的爱国
二千年时光
我没有
真正践行你诗中的含义
让我做一只布谷鸟吧
我用
嘶哑的歌喉不停地呼唤
布谷……布谷……
让我
做一棵沙漠中的沙枣树
忠诚地一年一次开花
还有我最爱的七月的麦子
那是一片
实实在在写在大地的金黄

钢筋水泥大桥的自白

一个人用权力的铁柄
拆除一座钢筋水泥大桥
大桥在心里想
一个人无论如何任性
也不能无端毁了我的生命

两岸的人挡不住劈头而来的利剑
大桥成了大桥遗址
喑哑地潜伏在河水的水底
大桥在心里想
毁了我把桥两岸的人彼此隔离

黑夜给了我什么

白天给了我一个太阳
黑夜给了我一串相思
圆圆的月亮呵
我看见了梳妆的嫦娥
闪闪烁烁的星光呵是梦
是苍苍茫茫的宇宙
太阳累了自有月亮替换
白天累了自有黑夜替换

黑夜我把我的时光
交给梦经营
我的梦
在我的时光里纵横穿行
向后向前　向左向右
把我送到多年以前
让我穿越未来
我的梦在我黑夜里来来往往

黑夜我多想把我的时光凝固
黑夜我多想把我的时光折叠
珍藏在无人打搅的地方
却不想我的时光呵
借着夜色遮掩悄悄逃跑
睡觉的时候
我的时光呲呲……
呲呲……吹成无数泡泡

啪啦……　啪啦……
又在啪啦中一个个破灭

黑夜是大大的充电器
白天所有的电已经用完
黑夜是充电的时候
漫天流淌的星光
一个又一个闪亮的星星
一个又一个五光十色的泡泡
被我的时光赶进我的黑夜
赶进我生命的充电器
于是　我又有了
饱满的生命　旺盛的精力

黑夜是修理所
所有白天受到损伤的
都放进黑夜里疗养
譬如那些曾经悔恨的忧伤的
那些也许犯罪的无路可走的
黑夜是遮风挡雨的地方
平时那些爱动爱响的
都在黑夜的挤兑中销声匿迹

黑夜是收容所
把一切见不得光的悄悄掩埋
那些曾经冰冷的水泥桩
那些被时光掘乱了荒凉的土地
那些多年空空荡荡的楼房
那些沙漠里魅影绰绰的獭兔
那些被一声啸叫击碎的梦魇
长长的拆毁的石羊河大桥遗址
在黑沉沉的黑夜里一点一点消镕

黑夜把一切重新制造出来
一粒种子投进黑夜
也许长成一棵参天大树
也许长成一枚饱满的麦穗
一种思想投进黑夜
酿成一坛醉心的美酒
也许
也许开出一朵大大的奇葩
设置在道路中央的栅栏
把所有时光切割成废铜烂铁

黑夜是白天的延续
黑夜
我把没有完成的都卸下
我把白天给我的
全部归还给我的黑夜
黑夜是一个温馨的港湾
我抖落一身疲惫
当我从晨曦中醒来
我成了一池沐浴春光的清荷
黑夜把我酿成一轮崭新的太阳

军文《走在种诗的路上》

种诗
在离天不远的地方
从仓央嘉措开始
珠穆朗玛

挡不住南来的风
一个阴谋　没有斩断
四百年柔情似水的爱情
诗人
在青海湖化一抹柔波
一缕天上的彩云

诗种
在雅鲁藏布江畔
卓玛是一朵盛开的雪莲
诗不是大地的羔羊
是天边上醉人的红云
是银河
是银河里闪烁的星光
是牛郎和织女
葡萄架下喁喁私语

诗从巴丹吉林开始
一百五十八个海子呵
一百五十八个伊人
芦苇的睫毛眨了又眨
是谁明眸善睐
是谁
让我醉成沙漠一汪清泉
把诗和浪漫
种在天上
种在离天最近的地方

老桑葚的丑陋面孔

野鸽子墩的山峦上
探出一顶红星帽
那肯定
是假惺惺地伪装
不信
你看那光秃秃的脑袋
疲惫地爬上山梁
那一定
是落荒而逃的匪徒
炎炎烈日的腾格里沙漠
你走得出吗

那个
灰绌绌的牛鼻子口罩
滴溜溜的猴子眼
躲到背后
一条
缠着旧时代的裹脚布
不时
飘过些腥臭的滋味
之乎者也　矣言焉哉
只不过是
老古玩店的新潮

你大胆摔碎
沙井文化三千年陶罐

却不肯
放弃斜敧沙漠的
一只空酒瓶
邪恶
放飞一片歌声
一群气球
妩媚的小青山
你不知道
苏武走过的羊路
突然长出一片枯树
芦苇呢
我的那些会唱歌的
鸢尾花呢

獭兔的啸叫声渐渐止息
荒漠中
还流浪魅影幢幢
你　能否收住
簸箕星张开的大口
骚狐狸
我家的甜高粱去哪儿了
那些黑色网
没有罗住的鸟去了哪儿
秋风中
冰冷多年的水泥桩
没有为我开花
没有为我结果
浇铸在沙漠里的血汗
哦　只换得
你头顶高耸的红星帽

谩骂

不过是跳街的泼妇

天破了

我们该如何修补

是用芦灰

还是

女娲娘娘的五彩石

天上一道流星划过

留下的是耀眼的光芒

还是刻骨铭心的伤痕

你的生命就是我的生命
——写在汶川大地震之际

你的手就是我的手

你的脚就是我的脚

你的身躯就是我的身躯

骨肉与骨肉相连

血液与血液相融

你的生命就是我的生命

你是长江

我是黄河

我们都是中华民族的水

我是长城

你是泰山

我们都是中华大地的土

你是炎黄

我是炎黄

我们都是炎黄子孙

中华是一棵树
你是树上一片叶
我是树上一片叶
我们彼此相邻
我们在同一条根上生长
风来的时候
我们相互传递
雨来的时候
我们紧密相拥
我们是
同一棵树上的叶子

你的血脉里流淌着
我的血液
我的血液里流淌着
你的血液
血与血相融
心与心相连
我们都是中国人

你是一片云
我是一片云
你是一条船
我是一条船
让我们相拥着
向前走去
向前走去

天上有太阳
那是一团温暖的火焰

天上有太阳

那是照亮生命的灯盏

天上有星星

那是你明亮不息的眼睛

天上有星星

那是母亲永远凝视的双眼

紧盯着你紧盯着我

向前走去

向前走去

风来的时候

雨来的时候

我们风雨同舟

你的生命就是我的生命

社会应该是什么样子

每一个人都是一弯月亮

你照亮我的黑夜

我照亮你的黑夜

每一个人都是一轮太阳

你温暖我的世界

我温暖你的世界

每一个人都是一条鱼

你在我的水中畅游

我在你的水中畅游

每一个人都是一株草

风来的时候你搀扶着我

雨来的时候我搀扶着你

每一个人都是社会中人
危难的时候
你帮一帮我我帮一帮你
我们都是一家人
你的冷暖就是我的冷暖
你的快乐就是我的快乐

我们都是社会中人
你离不开我我离不开你
我们是一棵树上的叶子
我们是一家人
朝夕相处　手足相亲
做一对泥人儿
打碎了重和过
你中有我　我中有你

拖着霓裳飘过的云翳

那是谁家的云
不知道从哪里飘来
飘来飘去
巴丹吉林的海子
腾格里沙漠的芦苇
不认识那些野云
云在沙漠里飘来飘去
找不到栖落的地方

云没有搞清
自己该干些什么
飘来飘去
在空中打了一阵响雷
想下几滴雨
没来得及落到地面
却不料
酿成一场沙尘暴
把大地的庄稼卷走

那些哪来的野云
飘来飘去
拖着华彩的霓裳
从高高的天空中飘过
云
没有跟一株小草对话
不屑与一棵麦苗耳语
云
找不到自己该去的地方
按照风的旨意
在大街摆了一回龙门阵

那是谁家的云
从哪里来往哪里去
那些轻轻飘飘的云翳
占领沙漠的天空
野云连着野云
在高高的天空中飘过
在不该打雷的季节
打了一阵雷
在不该下雨的地方
下了一阵雨
拖着它猩红的霓裳走了

文冠果走了

文冠果走了
在一个冬天的黄昏
那是一棵
大大的文冠果
百年古树

文冠果
生长在农家的田野
生长在农人的心坎
仰望天上的白云
百年古树
是民勤历史天空
一颗闪亮的明星

文冠果走了
在一个
阴郁的寒冷的冬天
走了
从生长百年的故土
走进一个陌生的人家
一棵古老的大树
谁能知道
它走向的是繁茂
还是死亡
文冠果走了
在一个

阴郁的寒冷的冬天

多年前
我就听说过你的大名
我一直寻找
寻找一段时光
我想看看我梦中的古树
可我没能实现我的诺言
我没有来得及
没有来得及
我只是电话里叮嘱
树的主人
给你浇水给你施肥
给你孩子一样的呵护
可主人也无法抵挡
无法抵挡
自天而降的厄运

一帮带刀的人
把你带走
在一个
阴郁的寒冷的冬天
说什么
给你一个更好的归宿
这也许
这也许是疯子的呓语

你走了
一帮强权的人把你带走
把一棵古老的大树
支离破碎带走
我想到的是死

我以为你会死掉
从此成为一具僵尸
一根槁木

你高高地站在
属于自己的田野上
百年古树
以一位历史老人的姿态
守望你的家乡
你的土地
你的人民
和着风和着雨
和着阳光
你把你的头颅指向高空
点亮天上的星星

你走了
我的古老的文冠果
百年古树
从生长百年的故土
走了

你走了
我的文冠果
我没有来得及
握握你繁茂苍郁的枝叶
我没有来得及
望望你绝尘而去的背影

文冠果走了
天空留下
一声树倒的绝响

星星
凝成一滴伤心的眼泪

我的玉丢了
——游焉支山感想

多年以前
我在草原上玩耍
我的玉丢了

一阵风从祁连山南面
刮过
在草原上狂奔
我听见了马蹄
撕裂大地的声音

一阵风掠过
草原颤抖
西北的天空
划过一道血光
我在惊慌中哭泣
我的玉丢了
我的玉丢了

那是 2000 年前
我在草原上放牧
我的牛羊我的马
哦
我记起来了

那是公元前 121 年

那些年我特别贪玩
一不小心
我的玉丢了
我伤心地嚎哭
2000 年泪眼滂沱
浇落了我美丽的红颜

我一路找寻
寻找了 2000 年
在凄风中哭泣了 2000 年
我的玉丢了
丢失在草原
丢失在岁月深处

岁月淘洗了 2000 年
我在草原上寻找
草木荣枯
岁月叠加
无法遮挡我的伤痛

焉支山
我来了　我来了
2000 年的相思有多深
2000 年的相爱有多长
你在草原深处
遮掩在绿树浓荫之中

我来了
焉支山　焉支山
一阵狂喜

一阵狂吻
我把我的玉搂在怀中
我把我的玉噙在嘴里
丢失的玉碧翠温婉
像粉妆玉琢的美人

焉支山
我来了　我来了
2000年
2000年
看历史把你如何装扮

我跌进一场绝对荒谬

一过尖沙窝疙瘩
我一下掉进
昌宁盆地的大风黑浪
一辆
欢声笑语的大轿车
走了几年
也没有
走出一场风的纠缠
我走的路
也许太过荒凉
原本干干净净的大地
扬起
乱七八糟的纸屑和沙尘

我喜欢一九五八年

修建
红崖山水库的那份热情
那种实打实地拼搏
我喜欢
赶英超美的凌云壮志
那些
也许　一代人
吃不饱肚子的瞎拼盲打
坐着
一辆大轿车谈笑风生
心多么伤痛
多么惆怅　多么失意
我走了好几年
苍蝇一样一圈又一圈
在大风中盘旋

我坐着
一辆谈笑风生的大轿车
一坐就坐了好几年
我熟悉了
这样带着血腥的风尘
多少人
习惯了顺风奔跑
风向哪儿他向哪儿
我迷茫的醉眼
看不清迷迷糊糊的方向
我多想逆风前行
同事讥诮
那不过是二刮子吆车
一个人
你咋扭得转荒野的风向

我不想
做一个风中的陀螺
我不想
做一团风中的飘蓬
我想
那些随风奔驰的
注定陷入
一场无边无际的泥淖
我想
坐一辆兜风的大轿车
风
一定不会放过我的荒谬
我在我制造的风中
打了一个哆嗦
一个不寒而栗的幽默
风毫不含糊
掠过我的眼角眉梢
打着
狂妄的呼哨远走高飞
那些年
风扯走多少沙尘多少庄稼
却没有在沙漠
降落一场实实在在的雨水
我想
这一场狂风黑浪
决不会放纵
我这么多年的绝对荒谬

相约天驭葡萄酒庄

天驭葡萄酒庄
在北纬三十八度
这里是天马驰骋的故乡
天驭是一个
酿造葡萄美酒的地方
涉流沙兮来西极
汉武帝国
餐过你西北的金风玉露
文帝曹丕
喝过你沙漠的葡萄美酒

红艳艳的葡萄酒
像一湾汤汤的石羊大河
穿透两千多年时光
天驭在地球北纬三十八度
像法国的波尔多
让我想起《巴黎圣母院》
想起流淌在
大街上红艳艳的葡萄美酒

月光下喧喧嚷嚷
是历史长河
漂过几多诗侠几多酒仙
刘伶踏着醉步走来
陶渊明在九月的菊香里
东篱把酒

济公和尚背着盛酒的葫芦
长爪的瘦诗人李贺
骑着毛驴
在西风里寻章觅句
天驭就是驭天
喝一杯天驭美酒
策马扬鞭走天下

天驭在北纬三十八度
是红崖山红艳艳的碧波春水
天驭在浩瀚的腾格里沙漠
南方的风吹过
沙漠里的葡萄正在抽芽
北方的风吹过
沙漠里的葡萄就成熟了
粗犷的腾格里哟
是生长葡萄的襁褓
腾格里炽烈的太阳
映红了葡萄的嫣嫣笑脸

我举起长柄的北斗
挹一勺
红崖山红艳艳的葡萄美酒
我邀约
酒仙李白和月中嫦娥
还有临风把酒的东坡居士
我举起天驭葡萄美酒向天邀月
我举起天驭葡萄美酒
向腾格里火红红的太阳致敬

天驭酒庄
你是一座酿酒的仙庄吗

黑山脚下　红崖碧水
饮一杯天驭葡萄美酒
策马扬鞭走天下
天驭……天驭……
五湖四海　你可记住
这郁郁飘香的葡萄美酒
天驭……天驭……
你可记住
腾格里的月亮光照千古
天驭……天驭……
你可记住
红崖山的春水地久天长

新年偶感

一、想起女儿
我的梦
你找不着
深藏在我的黑夜里

我的爱
你看不见
流淌在我的血液里

二、无　题
是谁
把火红的橘子
抛向天空
化一颗大大的太阳

是谁
把闪烁的星星
缀在天上
还配一轮圆圆的明月

三、太阳走了

花儿开放的一瞬
鸟儿鸣叫的一刻
天上的云走了
太阳也走了

月亮来了
星星来了
就这样
树叶落了
冬天来了

伸出手来
挽不住天边的彩霞
守着窗儿
我独自把黄昏收藏

我知道鹰飞兔走
我知道春去秋来
我知道过往的时光
是我生命的碎片

让我们追赶岁月

白天
一人一个太阳
夜来
一人一个月亮
你能说
我的日不如你
你能说
我的月不如你
让我们追赶我们的太阳
让我们追赶我们的岁月

雅布赖：血脉里流淌的盐巴

一定是仙女下凡
九棵树　紧紧
偎在沙丘的怀抱
一定是
巴丹吉林的红沙窝
笑弯了娥眉
高高
挂在遥远的天边上
悠悠白云
是沙漠

到处游走的海子

这是哪来的水
潴成一片汪洋
幸亏
有雅布赖大山拦住
下雪了吗
天地茫茫苍苍
一溜一溜的丘陵
我没有见过这么多的白雪
我没有见过
这碧青的盐池的大海

咸咸的风
漫过低低的旷野
枯梢的树
站成齐整的一排
你来我往的日日月月
摇响巴丹吉林的驼铃
沉淀
岁月最深处的是什么
西河的水
为何在沙漠里迷失方向
如今
我找到我的雅布赖之恋
是沉淀在
我血管雪白雪白的盐巴

一脚踏进闪闪烁烁的佛光世界

最近
跟佛经较了些劲
懵懵懂懂
我赶着走一段夜路
顶一头
不认识的星星
那是仙女座还是猎户座
一下子　我又闯进
四四方方的紫微垣
你看
那不是牛郎和织女
那不是骑着白鹿
游历
名山大川太白金星吗
我迷迷糊糊
穿行在闪闪烁烁
明明灭灭的星光之间

跟佛较上劲
意味着
你要跟整个宇宙
打一些交道
仰望
苍苍茫茫的夜空
我的思维
走不出一个光年

三千大千世界
你有多大
般若波罗蜜多
能否渡我
穿过
惊涛骇浪的人生大海
今夜
灵魂游离我的躯体
你能不能　渡我
到无边无际的宇宙彼岸

九湖源的石头

在九湖源
我最大的收获
是一块石头
如果
不是湖水抛弃了她
我也不会
成为她的红颜知己

一块淡灰色的石头
似方似圆似三角
波浪式扁平
一面光滑甜腻
一面温润起伏
一点儿没有规则
颇遭同伙鄙夷
他们嗤之以鼻

叫她丑石

一块石头
一座巍峨的大山
一块石头
有山的纹理山的走向
让我听见
水的波澜和涛声
草木氤氲　鸢飞鱼跃
一块石头
一片嫩嫩的蓝天
一朵悠悠白云
静谧地睡在腾格里沙漠

世间造物各有其主
一块石头
一颗东方的启明星
是天上北斗
是女娲补天遗在大漠
镌一部红楼
潜入我纷尘杂扰的世界

一块石头
山间清风　江上明月
每夜
我攥在我手心里把玩
一块
清清爽爽的石头
偎在我的胸膛
在我甜蜜的梦里游走

一只沙漠的小鸟

我是一株小草
我不想借山的高度
衬托我的伟岸
我长在水泽边
开淡淡花
散发些幽幽芬香

我是一只树上鸟
不会像云雀飞得太高
我只守住我的窠巢
在树枝间跳来跳去
欢快地唱我自己的歌

我是一朵悠悠白云
有时在天空淡淡地飘
有时栖在山岩一角
高兴时我在草尖上奔跑
渴了饮一掬沙漠清泉

弈髯哥下乡调研记

弈髯哥
是本色的农家孩子

上学时
也不算是差学生
自从师范毕业
工作　娶妻　生子
把乡里的积蓄一扫而光
屁股一拍　进城吧
弈髯哥也许是个好人
不知不觉
浸染了坏习气
还要
时不时下乡调研
群众的事
他压根就不懂

好就好在
他调研不做方案
也不事先派人踩点
不印彩页简介
不在地头
竖一块顶天立地的牌子
不苦心孤诣掐算天气时间
不安排在农家吃饭
说走就走
自己驾驶自家的车
不跟扈从
也不跟踪报道
乡下鸡不飞狗不跳

弈髯哥下乡调研
不发通知
调研前他就做过调研
去哪儿

自个儿一清二楚
用不着
前者拥后者呼
弈髯哥是鸟子岗的鸟
他的叫声很亲切
他走过田垄走过麦浪
仔细察看那片大田滴灌
柳树还是那棵老柳树
茇茇还是那风中的茇茇草

弈髯哥走在自家的田野
亲情
漫过石羊河的水波
那一座曾经的水泥大桥
漫过
西大滩圆溜溜的馒头山
弈髯哥土生土长
没有呜里哇啦
不信口开河不指手画脚
也不把
谁家的洋葱连根拔掉
赤日炎炎
弈髯哥的汗
吃透了贴紧脊背的衬衫
他手中举起的大斗笠
只轻轻一扬
高过头顶红艳艳的太阳

迎着春天飞扬的雪花

雪花在飞扬　飞扬……
把刚刚拱出土的春天包裹
像抱着春天的小娃娃
飞扬飞扬……
一场纷纷扬扬的雪
从金城到凉州
沿着河西走廊的方向
向辽阔无垠的西域
向广袤高旷的蒙古高原飞扬
燕子的翅翼剪破轻纱薄寒
柳丝儿的媚眼
在轻悄悄的风中
传递碧绿碧绿的信息

春天在春风中破壳而出
酝酿一个冬天的雪
像一坛启封的杏花美酒
飞扬的雪花
向大地深处飞扬……
落在簌簌的祁连山之巅
落在静悄悄黄河的浪花上
雪花在高高的草原上飞扬
在广袤的巴丹吉林飞扬
噙一滴水珠的雪花
向着每一株草的根须飞扬

雪花和着黄河的浪花
一起飞扬
北方的大地苍苍茫茫
弥漫着飞扬的雪花
色彩缤纷的雪
把冬与春的缝隙填平
还记得
去年轻轻袅袅的风声
还记得去年姹紫嫣红
橙黄橘绿
像一道道风景在雪花中飞扬

远山近水戴上一顶雪帽
雪花擦亮的蓝天
脆生生
是雏鸟绿茵茵的鸣叫
浸润大地的每一茎草根
春风化雨的春天已经来临
在一场飞扬的雪花之后
蠢蠢欲动
雪花正走在消融的路上
给我和春天一往无前的力量

走着走着就散了

有些事
像天空中朵朵白云
走着走着
就聚集在一起

走着走着
就雨霁云散

有些事
像志同道合的人
走着走着
就聚集在一起
走着走着
就风流星散

聚和散皆是因缘
缘起时
聚集在一起
缘尽时
消失殆尽

聚集是缘　消散是缘
你是我的父母
我是你的子女
兄弟姐妹　亲朋好友
缘起则聚缘尽则散

夜空中划过一道闪电
沙漠里消失一眼清泉
大地走散一个朋友
万物有灵　众生平等
用不着厚此薄彼
用不着怨怼戾气

江河挤挤挨挨的浪花
走着走着就散了
大海一堆一堆的波涛

走着走道就退了
夜里闪闪烁烁的灯光
亮着亮着就灭了

七月：民勤的蜜瓜熟了

三月的风吹过柳林湖
七月的腾格里
民勤的蜜瓜熟了
飘飘袅袅的瓜香
飘呀飘　飘到月宫里
嫦娥姐姐说
她想尝一尝民勤的蜜瓜

有一种瓜叫金美郎
有一种瓜叫玉衣佳人
还有一种叫西洲蜜
三十八万公里的路程
叫我如何送达
嫦娥姐姐
种出银夜里甜甜的月亮
你看
那一道弯弯的娥眉
是她
献给牛郎织女的瓜牙

三月的风吹过柳林湖
七月的腾格里
民勤的蜜瓜熟了

飘飘袅袅的瓜香
飘呀飘　　飘遍五湖四海
飘飘袅袅的瓜香
飘呀飘　　飘到伊的梦里

望不到树梢的大树

还记得那个大石头
还记得那些大红字
刻在石头上好听的话语
那些高大高大的松树
枝繁叶茂
不知经历了多少风雨
多少雷电多少虹霓
粗大的树干粗砺的树皮
甚至大大的树瘤
我试图
用我的双臂抱住它
可是它早已经挣脱了
岁月的年轮
我抬起头向上仰望
望不见
那些钻天拂云的树梢

树那样高
高到云天里去了
我再也无法
摸一摸它的头顶
像抚摸一棵小树一样

大树
也许忘记了脚下的泥土
只跟一缕风交往
只跟天上的星星对话
一年一度的树叶走了
随风翩翩远去
根给它的
它也许　它也许
早已经忘得一干二净

我什么也不要

我什么也不要
我只要
一枚金色的
大大的太阳的种子
种出源源不断的日子

我什么也不要
我只要
一片蓝蓝的天
一勾弯弯的月
做一个蝴蝶蹁跹的梦

我什么也不要
我只要
乡村一样的土地
我只要
丝丝缕缕的炊烟和乡音

我什么也不要
我只要
腾格里一样的沙漠
我只要
蜜瓜一样的诚实和芳香

游兰州野生动物园

一脚踩在云朵里
一脚踩在星星上
一不小心
就踏进兰州野生动物园
两座山
像两座宫殿东西对峙
构成
一方大大的天然广场
这时
入园的序曲刚刚拉开帷幕

大大的门
如一只大大的石洞
动物园
在乱云飞渡的万山之中
云是象想中的动物
动物是想象中的云
山和绿色
把盛夏的暑热逼退
游园人撒豆成兵

比地洞里的蚂蚁还多

迎面而来的天鹅湖
仿佛天上一面妆镜
四面的山恭恭敬敬捧着
天鹅
在碧波蓝天之间荡漾
坐上"小火车"
我开始了我的游园之旅
我恍若
走进如梦如幻的神话
眼前掠过一座一座"星宿"
是人间还是天上
让我行走在梦幻的世界里

是天人还是凡尘
绿色从身边倏然划过
凡俗的心洗成一片湛蓝
那是角鹿　那是羚羊
还有石崖上奔跳的岩羊
比小树还高的是长颈鹿
狼　老虎　狮子
我仿佛走进辽阔的草原
走进十万大山
走进苍苍莽莽的森林
这边是翩翩起舞的孔雀
那边是川金丝猴
攀援绳索的土猴们出尽了洋相
千姿百态的形状
白云苍狗变幻莫测
爬到树顶上的长尾猴
摆出各种姿态

赤狐　袋鼠　驼鸟　大象……
像万花筒一页一页翻过

洞中方七日　世上已千年
大大的动物园
谁知道
还藏着些什么神秘
一天的行走
走出满天星星
走出
五彩斑斓的灯光秀
回家的路
已经很远很远
元元
开始他的手指游戏
想不到
他的"创编水平"石破天惊
小手指变成了的毛毛虫
变呀变　变呀变
又变成一只小蚂蚁
爬呀爬　爬呀爬
一直爬到天祝大草原
爬呀爬　不知不觉
我们爬过了一天的山路

白云　擦亮的乡村笑靥

哦　我的昌宁盆地呵
我又一次来了

行走在来来往往的路上
这一次
我用一朵洁白的云
擦亮 你乡村的容颜

我是帮扶干部
我行走在辽阔的田野
又一个春天来临
脱贫巩固 乡村振兴
石羊河流淌的春水呵
溅起 我心底层层涟漪

又一次 我来了
我的美丽的昌宁湖呵
金川峡的水
祁连山的阳光
在你辽阔的大地上流淌
让我用一朵洁白的云
擦亮 你多情的笑靥

搬上新楼的奥区好男人

好男人家的楼房
在城北新区
在中国的西北角上
为了这一天
好男人苦苦的
战斗了大半辈子
蔡旗 薛百 大坝 县城

一步一个脚印跋涉
一滴一滴的汗水
渗透走过的每一个地方

好男人的家底薄薄的
好男人的爹妈
在好男人
很小的时候就去世了
好男人就是好男人
不蒸包子争口气
他考上了
当时最时兴的学校
——武威师范
好男人让他的整个村子
扬眉吐气了一把

好男人就是好男人
好男人
干什么活都不偷懒
还有板有眼
好男人是个勤谨的好男人
做家务也是内行里手
他腌的美国红我们没少吃
每次吃肉打平和
大多选在好男人家里
好男人的手艺好
好男人划拳喝酒最痛快

好男人是个万金油
干啥事啥事干的人人夸好
好男人因此格外忙
你的事得做　他的事得做

自家的事抽空做
好男人写得一手漂亮文章
冷不防
就飞上了《读者》杂志
《爸爸的履历表》
才是好男人最好的文章
好男人
帮别人写了多少文章
数也数不清楚

好男人有时也打点儿秋风
也不过一瓶酒两条烟
又忍不住告诉朋友们
一来二往
就成了大家的"盘中餐"
好男人就是好男人
好男人的经济很一般
住县城最西边的平房
一住就是几十年
屁股也没挪动一下
只是
把小院打点得如坐春风
瓜棚豆架　蔬菜果鲜
还有一株活化石银杏树

好男人咬了咬牙
又紧了紧自家的裤腰带
上楼……　上楼……
好男人家的楼在城北新区
"在中国的西北角上"
两室两厅的格局优雅别致
好男人的卧室

有一张
加厚版秀才娘子宁式床
大气的书柜大气的写字台
是好男人驰骋的疆场
好男人上楼了
好男人的楼房在城北新区

伫望立秋的日子

春天
我期待一场软绵绵的风
期待一朵云
一场穿透心灵的小雨
我期待一场花事
期待
蜜蜂和蝴蝶一样的赏心悦目
夏天大红大紫
长成夸父一样的巨人
追着太阳
追着太阳
追进太阳里去了

那些赴汤蹈火的日子
在所不辞
只有经过历练的人
只有流过汗水的人
才会迎来
橙黄橘绿的秋天
秋天来了

丝丝凉风透过窗户
秋天
我收获的是秋夜和相思

那银河　那璀璨的星空
一颗一颗的星星
是梦
是我追逐一生的情侣
我追过月亮
我追着我的相思奔跑
追着追着
我把我
追成银河里的一朵浪花

后 记

朋友说："你写了多年诗歌和散文，也该出书了。"

于是我不揣浅陋，辑成诗集《我的民勤我的家》和散文集《寻找天边的红云》，也算是了却我的一桩心愿。

对于写序，我不大热衷，延请名人大家，劳神费思，自然畏葸不前。

2010年与他人合著散文集《镌刻在绿洲的记忆》，为写序殚思竭虑，颇费周折。原因之一，我不喜欢"站在别人的肩膀上增加自己的高度"。一本书好与不好，固不在于张三李四作序云云，亦不在序文之妍媸丑俊。"言之无文，行而不远"。一本书能不能走得很远，起决定作用的是读者。"风之积也不厚，则其负大翼也无力。故九万里，则风斯在下矣"。那时出书，我率性为文，草就一篇《写在前面的话》，权算作序文。

这次单独结集，更不愿舍近求远。散文集《寻找天边的红云》请刘新吾老师作序，这是我想了好久的事。新吾老师诗文俱佳，其《原生态笔记》《日常杂碎》，文笔精纯，浑金璞玉。由他作序，也许是不二人选。诗歌集《我的民勤我的家》请县文联主席孙晓玉作序，他百般推拒，生怕"贻笑大方之家"。晓玉天资颖异，偶写诗歌，多有惊人之句。出版散文集一部，实为民勤文学圈中之翘楚。

本不想写后记，只是有些话不得不说。胸中仿佛有如许欲吐未吐之物，不吐不快。"狼跋其胡，载疐其尾"，遂踩着别人脚后跟，坠入窠臼之中。

写诗为文，断断续续30多年，积诗逾2000首。诗集《我的民勤我的家》筛选300余首。写作背景基本聚焦于"生我养我的地方"，以诗意化笔调和梦萦魂牵的家乡情怀，抒写家乡变迁和社会发展，仿佛构成了一部地方性诗史。从具体内容看，诸如防风治沙、民勤调来黄河水、石羊河流域重点治理、腾格里的金秋、民勤风物等都是写作的主线和重点。

生活是诗歌创作的源泉和不竭动力。《我的民勤我的家》抒写的是日常生活、个人情愫，也是大众情愫，更是时代情愫。诗歌始终踩着时代的鼓点和节拍，为人民大众和时代鼓劲加油，以真挚的情感讴歌身边日新月异的变化。亦有对不良现象的鞭挞，以拳拳情怀由衷规谏，以期达到讽喻的目的。

我以赤子的情怀，抒写"生我养我的大地"。那个给了我生命，给了我衣食住行的"父母"，是我尽情讴歌的对象。正如《我的民勤我的家》中诗句"我是你藤蔓上开出的花朵"。诗集是烙印在民勤大地的"胎记"。

散文集《寻找天边的红云》，以描写民勤生态和山川地理风貌为核心内容，旁及民勤民俗、人物掌故、方言土语、历史变迁等，从一定意义上讲有点民勤山川、生态、地理志的意味，可以当作了解民勤生态、地理、文化的一本简明读物来看。亦兼收部分文学评论和怀念性篇什。

散文集重点涉及生态、山川。着力描摹民勤在两大沙漠夹缝中特有的生态情状、山川地貌及历史发展过程中呈现的人文景观。我以强烈的责任担当、舍我其谁的历史使命感，遍访民勤山山水水，尤其对大多数人可望而不可即的绿洲边缘牧民生活地带，作了近乎全方位粗线条的展现。是对民勤生态、山川地理一次阶段性的深刻记忆。

我想把我的诗文撮合起来，有情有义的朋友们闻风而动，鼓噪而上，鼎力相助。

民勤县文化馆馆长樊泽民，是我诗文结集的首倡者，先是构思出版"民勤籍作家丛书"，鉴于时机尚不成熟，遂敦促我先行结集。联系出版事宜，校核文稿，不遗余力。民勤县文联原主席白银兴，悉心梳理市县文艺扶持奖励政策，以资勉励；民勤乡村记忆博物馆馆长王雄德、县影视家协会主席陶积忠、县史志办主任孙明远、甘肃棋王冉智文，对我诗集、散文集书名确定提了许多宝贵意见。黄河文学奖得主唐仪天，建议散文集每辑隔页以小诗或一段文字导入，匠心独运，颇具创意。民勤县美协副主席胡钧毅、县文化馆副馆长石荣自告奋勇，参与了封面创意、书中插图绘制，使我的书增色不少。

《民勤县志历代方志集成》点校者邱士智，主动帮我校编文稿，纠偏勘误，锱铢必较。"彼得"王国己，四篇评论"行走、寄情、生命、回归"，把我所谓的生态地理性散文放飞到蓝天白云之间。"掬水月在手，弄花香满衣。兴来无远近，欲去惜芳菲。"仁和汽修部桑宗仁、苏武山诗社社长李成敏、《红楼梦》爱好者李大刚，陪我走过野天野地的许多地方。"侣鱼虾而友麋鹿"，朋友的加持，使我不惮于前行。使我从繁冗杂庞的世俗里挣脱出来，把人生追求中遇到的迷茫转换到诗意的光芒之中，让心灵进入无限酣畅的精神空间，尽情享受大自然赐予的沙漠、戈壁、山川、河湖和它孕育的风风雨雨。

舅老哥李振中，是我的义务校对员。我的网名天道生水，妻子"水中莲花"说"天道生水，水水水，没水哪有水中莲花"；女儿沈悦"翙音"多次提出给予资助。他们是我坚强的后盾，给了我亲情的滋润和温暖。

感谢我的所有领导，他们给了我细致入微的关心和支持，给了我精神上的鼓励和时间上的保障，使我无所畏惧，一往无前；感谢民勤五中、民勤县实验中学给我校稿的朋友，他们付出了辛勤劳动。

"众手浇开幸福花"。我的诗文集，仿佛一个宁馨儿，在众多亲人、朋友和同事的精心呵护下呱呱坠地。

不留三句两句诗，哪得千人万人爱。我热爱我的家乡，热爱我的民勤，热爱家乡的一草一木，一花一石，一只鸟一片云……在家乡的大地上我甘愿做一缕风，一湾沙丘，一抹天边的红云。我爱我的家乡，我想走遍家乡的每一寸土地，我想匍匐在苍茫大地，像匍匐在妈妈的怀抱，撒一个娇，打一个滚。家乡是风姿绰约，飘飘袅袅的美人，我要用我诗意的一腔真情为她歌唱。

总有人间一两风，填我十万八千梦。我必须走遍"生我养我的地方"，我必须在我深深爱恋的大地上，留下属于我自己的脚印。我必须把那些你也许熟悉也许陌生的人，你也许熟悉也许陌生的事，你也许熟悉也许陌生的大地用我的笔记录下来。我生怕一场时光的风暴，使它们湮没无闻。

我就是那人间"一两风"，我想走遍我的民勤，走遍民勤的每一寸土地。

这就是我的"十万八千梦"。

2023 年 8 月 8 日